로지나 노, 지나

로지나 노, 지나

초판 1쇄 펴낸날 2020년 11월 20일
초판 6쇄 펴낸날 2024년 9월 10일

지은이 이란주
그린이 서희
감수 산타 모니카
펴낸이 홍지연

편집 홍소연 이태화 김선아 김영은 차소영 서경민
디자인 이정화 박태연 박해연 정든해
마케팅 강점원 최은 신종연 김가영 김동휘
경영지원 정상희 여주현

펴낸곳 ㈜우리학교
출판등록 제313-2009-26호(2009년 1월 5일)
주소 04029 서울시 마포구 동교로12안길 8
전화 02-6012-6094
팩스 02-6012-6092
홈페이지 www.woorischool.co.kr
이메일 woorischool@naver.com

ISBN 979-11-90337-53-3 03810

로지나
노, 지나

이란주
르포소설

우리학교

꿈조차 빼앗긴 채

불안한 삶을 견디고 있는

모든 미등록이주청소년에게

바칩니다.

차례

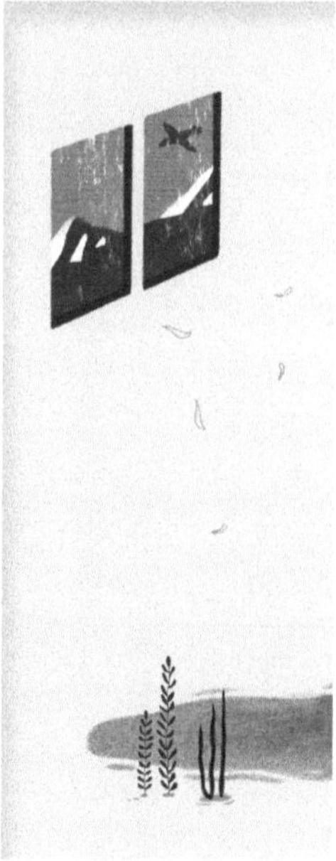

프롤로그

"정말 가려고? 다시 못 오면 어쩌려고?"

나라가 걱정스럽게 물었다.

"어쩔 수 없지."

"라주는 어떡하냐. 고등학교 졸업이나 하고 가든지."

"졸업하려면 2년이나 남았는데……. 엄마가 그렇게까지 버티지 못할 거야."

"그래도 너무 대책 없이 가는 거 같아서……."

"치, 저는 대책 없이 애까지 낳아 놓고 누구더러 대책이 없대?"

나라에게 웃음 섞인 눈을 흘기며 나는 품에 안은 수연이를 토닥였다. 잠든 아기는 평온해 보였다. 나라는 눈을 질끈 감더니 후유 한숨을 내쉬었다. 매양 씩씩한 척하지만 저도 속으로는 힘겨운 것이다. 그새 엄마라도 다녀간 걸까?

"엄마는?"

"어제."

"뭐라셔?"

"뭐라기는! 뭉크 쫙 째려보고 수연이 한번 안아 보고 그냥 갔어."

더 물어보지 않는 편이 낫겠다 싶어 나는 입을 다물었다. '아줌마도 참 까칠하시기는. 뭉크는 미울지 몰라도 수연이가 이렇게 예쁜데…….' 생각하며 방을 둘러보았다.

창틀을 따라 청테이프로 야무지게 붙여 놓은 비닐이 형광등 빛을 반사하고 있었다. 오른쪽 아래 귀퉁이에는 창문을 열려고 도로 떼어 낸 테이프가 늘어져 있었다. 그 창문 옆으로 긴 모서리를 따라 바닥부터 천장까지 곰팡이 띠가 진하게 올라와 있었다. 아기 냄새와 곰팡내가 섞여 오묘한 냄새가 났다. 바깥바람이 차니 창문을 계속 열어 둘 수도 없었다. 나라는 아기에게 찬 바람이 더 나쁜지 곰팡이가 더 나쁜지 잘 모르겠다고 했다. 전에 살던 집도 곰팡이가 심해서 아기 낳기 전에 부랴부랴 이사했는데 또 이 모양이었다.

"반지하에서 탈출하는 방법밖에 없어. 돈 벌어야지. 수연이가 좀 자라야 다시 일할 수 있겠지? 언제쯤 어린이집에 보낼 수 있을까? 라주가 몇 살 때 어린이집 갔지?"

나라가 종알거렸다. 이사철이 지나 여러 날 쉬던 뭉크가 오늘은 일을 나갔다고 했다. 오늘 일당 받으면 양 꼬리를 사 오겠다며 하트를 잔뜩 날리고 나갔다나. 시어머니가 뭉크에게 엄명을 내렸단다. 양 꼬리를 사서 수태차(소젖이나 양젖에 차를 넣어 끓인 몽골식 밀크티)와 함께 끓여 산모 보양식을 해 주라고. 그 말을 전하며 나라는 쿡쿡 웃었다. 수연이가 한두 시간마다 깨어 젖을 찾는 바람에 잠이 모자라 죽을 지경이라고 했다.

"돈이고 나발이고, 나 잠 좀 자게 뭉크가 젖을 물릴 수 있으면 좋겠어. 양 꼬린지 소꼬린지 저나 많이 먹으라고 할까 봐. 남자도 많이 먹으면 젖이 나올지 모르잖아……."

말이 점점 느려지던 나라는 앉은 채 꾸벅꾸벅 졸았다.

나는 옆으로 기울어지는 나라를 바라보다 나라가 기댄 벽에 낀 거무스름한 때를 응시했다. 전에 살던 사람이 만든 자국이었다. 그 사람도 저기에 기대앉았었겠지. 고단한 등짝이 만든 자국 위에 또 고단한 등을 대고 나라가 졸고 있다.

그런데 나라야.

우리 다시 볼 수 있을까?

내가 방글라데시로 돌아가서 잘 지낼 수 있을까?

내 나라에서 나를 반겨 주기는 할까?

나는 수연이의 작은 가슴 위에 손을 얹었다. 고르고 여린 숨이 느껴졌다. 길고도 짧았던 20년이 아기 숨소리와 함께 빠르고 조용하게 머릿속을 흘러갔다.

차고 메마른 골목은 이상하리만치 조용했다.
언제나 사람 소리로 활기찼던 다카 골목길이
나는 벌써 그리워졌다.

한국이라는 나라

엄마와 내가 한국에 오는 것은 결코 쉬운 일이 아니었다. 엄마는 브로커에게 돈을 주고 무슨 박람회 참석자 명단에 이름을 올렸다고 했다. 엄마 가방 속에는 박람회 초대장, 팸플릿 같은 것들이 들어 있었다. 혹시라도 잡히면 자연스럽게 말하려고 엄마는 행사를 주최하는 회사 이름과 일정을 영어로 외우고 또 외웠다.

지갑에는 달러를 꽤 많이 넣어 두었다. 그것은 '쇼머니'라고 했다. 이미그레이션(출입국 심사)에서 이 사람이 행사 참석자가 맞는지, 아니면 숨어서 일하려고 온 사람인지 판별하기 위해 돈을 얼마나 가져왔는지도 본다고 했다. 같은 이유로 브로커가 꼭 챙기라고 해서 카메라까지 가방에 넣어 왔다. 엄마는 나에게 '아빠' 소리를 절대 하지 말라고 했다. 한국에 아빠가 있다는 사실을 들키면 끝장이라고.

우리 일행은 아홉 명이었는데, 엄마와 나를 빼면 전부 남자였다. 비행기에서 내려 이미그레이션을 통과할 때 나는 엄마 손을 꼭 잡고 입을 앙다물었다. 같이 온 사람들이 여러 줄로 흩어졌다. 우리는 중간쯤이었다. 나 때문에 들킬지도 모른다는 생각에 너무 무서워 몸이 얼어붙었다. 엄마가 여권을 데스크에 올리고 심사받는 동안, 나는 숨도 제대로 쉴 수 없었다. 콩닥콩닥, 쿵덕쿵덕. 심장이 요동치다가 끝내 터질 것만 같았다. 엄마가 내 손을 잡아끌었을 때 나는 울음을 터뜨리기 직전이었다.

아홉 중에 두 명이 걸려서 못 나왔다. 제일 젊은 사람들이었다. 2000년 11월 어느 날이었다.

공항에는 아빠가 아닌 다른 사람이 나와서 기다리고 있었다. 엄마도 아는 사람인지, 그 아저씨를 금방 알아보고 손을 흔들었다. 나중에 알게 된 아저씨 이름은 살람이었다. 나는 그 아저씨를 살람 삼촌이라 부르며 자랐고, 커서는 장사도 같이 하는 사이가 되었다.

공항에서 집으로 오던 기억은 짤막짤막 끊어지고 또 이어졌다. 짐을 옮기고 택시를 잡는 동안 처음 느껴 보는 추위에 달달 떨다가 택시 안에서는 따뜻함에 노곤해져 잠이 들었던 듯싶다.

택시가 도착한 곳에서 아빠가 기다리고 있었다. 자주 사진으로 얼굴을 보고 전화로 목소리를 들었지만, 나를 덥석 안아 올리는 아빠가 낯설기 짝이 없었다. 어색함을 들키지 않으려고 목을 꼭 끌어안았던 기억이 난다. 아빠가 그렇게 좋으냐고, 살람 삼촌을 비롯해 처음 보는 아저씨들이 웃으며 내 등을 토닥였다. 나중에 철들고 알았다. 아빠가 갓난쟁이인 나를 두고 떠나 왜 여러 해가 지나도록 방글라데시로 돌아오지 못했는지, 왜 그날 공항에도 직접 마중 나오지 못했는지.

내가 태어난 이듬해에 한국으로 일하러 온 아빠는 4년 넘게 한국에서 생활했다. 같이 비행기를 타고 온 알롬, 이크발 삼촌과 함께 경기도 남양주의 한 회사에서 1년 남짓 일했는데, 무슨 일인지 몇 달간 월급이 안 나왔다. 회사 분위기가 나빠지고 한국인 직원들이 여럿 그만두는 것을 보면서 아빠와 삼촌들도 불안해졌다. 한국인들이 'IMF'라는 말을 자주 했다. 방글라데시도 IMF 신세를 진 적이 있기 때문에, 한국에 큰일이 벌어지고 있다는 것을 직감한 아빠는 핫산 삼촌에게 전화해 물어보았다.

아빠 친구인 핫산 삼촌은 보따리 무역상인데, 홍콩과 일본, 한국에 물건을 떼러 다니다 우연히 한국에 자리 잡아 살고 있었다. 핫산 삼촌은 한국어를 잘하는 데다 정보통이기도 해서 아빠가 무척 의지했다. 아빠가 연수생제도(외국인산업기술연수생제도. 1993년 도입, 2007년 폐지)를 통해 한국에 와야겠다고 결정한 것도 핫산 삼촌의 영향이 컸다.

핫산 삼촌은 지금 한국 경제가 곤두박질치고 있다고, 월급도 안 나오고 직원들이 그만두는 것을 보면 그 회사도 상황이 몹시 어려운 것 같다고, 계속 일해 봤자 못 받는 돈만 더 늘어날지 모른다고 말했다.

"얼른 포기하는 게 더 좋을 수도 있어."

핫산 삼촌은 일단 자기한테로 오라고 했다. 오기가 힘들지, 와서 찾으면 여러 길이 보일 거라고……. 아빠는 알롬, 이크발 삼촌과 함께 '도망' 나오기로 결정했다. 한밤중에 셋이 기숙사에서 몰래 빠져나와 어두운 길을 걷고 뛰며 헤매다 택시를 탄 모험담은, 이크발 삼촌에게 열 번도 더 들었지 싶다.

"전날 조용히 가방을 싸 놨지. 아침에 이불로 덮어서 감춰 놓고 일하러 나갔어. 온종일 마음이 뒤숭숭해서 어떻게 일했는지 몰라. 그런데 그날따라 일이 너무 많은 거야. 갑자기 그만둔 사람이 많아서 남은 사람들이 빈자리를 메워야 하니까 그랬던 거 같아. 그래도 그렇지, 돈도 안 주면서 일은 왜 그렇게 많이 시키느냔 말이지. 잔업까지 하고 한국인들이 다 집에 가기를 기다렸어. 그때 기숙사에는 우리뿐이었고, 경비 할아버지는 경비실에 있었지."

"할아버지를 어떻게 따돌렸어요?"

"따돌리긴 뭘 따돌려. 할아버지도 피곤하니까 쿨쿨 자고 있더라. 네 아빠가 먼저 내려가서 할아버지가 깨는지 망을 보고, 나랑 알롬은 가방을 들고 살금살금 내려왔지. 기숙사가 컨테이너라서 계단도 철 계단이었거든. 가방이 거기 부딪히면 소리가 나서 들키기 쉽잖아? 그래서 아주 살금살금. 그런데 아무리 조심해도 자꾸 쿵쿵 소리가 나서 심장이 얼마나 쫄깃하던지!"

"택시랑 어긋나서 고생한 얘기도 해야지!"

빙긋 웃고 있던 알롬 삼촌이 거들었다.

"맞아. 기숙사 쪽으로 택시를 불렀는데, 주소를 잘못 들었는지 다른 데로 간 거야. 택시는 우리 찾아 헤매고 우리는 택시 찾아 헤매고, 아주 난리였지. 간신히 택시를 만나서 타고 보니, 그때가 추운 겨울이었는데도 옷이 땀으로 흠뻑 젖었더라고."

암만 들어도 그냥 밤중에 가방 들고나와 택시를 탄 것뿐인데, 이크발 삼촌은 불구덩이에서 빠져나오기라도 한 듯이 침과 허풍을 마구 날리며 말하곤 했다.

셋이 택시를 타고 도착한 곳이 여기 행복동이다. 핫산 삼촌이 행복동에 자리 잡고 있었기 때문에 그 집에서 같이 먹고 자며 몇 달이나 신세를 졌다고 했다. 경기도 저쪽 끝에서 이쪽 끝으로 왔으니 찾아내지 못할 거라고 안심하면서.

세 사람이 일자리를 구할 때까지는 오랜 시간이 걸렸다. 한국은 외환 위기라는 어둡고 긴 터널을 지나는 중이었다. 일자리 없으니 너희 나라로 가라는 말도 자주 들었다. 하지만 한국에 오느라 빚을 많이 졌기 때문에 쉬이 돌아갈 수 없었던 아빠와 삼촌들은 견디고 또 견뎠다. 그 시간을 버틸 수 있었던 것은 오로지 핫산 삼촌이 먹이고 재워 준 덕분이라고 아빠는 자주 얘기했다. 이슬람 형제들은 어려울 때 그렇게 서로 도와야 한다는 말도 빼먹지 않았다.

한국 경제가 조금씩 회복되면서 드문드문 일자리가 나왔다. 세 사람은 공장 지역을 헤매고 다니며 문 열린 데마다 들어가서 일자리가 있는지 물었다. 처음에는 입이 떨어지지 않아서 종이에 적어서 가지고 다녔다고 했다.

'일자리 있습니까? 사람 필요합니까?'

물론 그 글은 핫산 삼촌이 적어 주었다.

알롬 삼촌이 맨 먼저 취직했다. 한동안 문을 닫았다가 다시 연 사출 공장에 들어가 청소부터 시작했다. 아빠도 다른 사출 공장에 들어갔다. 전에 일하던 공장이 사출 공장이어서 적응하기가 그리 어렵지 않았다. 한국어가 제일 약하던 이크발 삼촌이 가장 더디게 일자리를 구했다. 양계장에서 닭을 다듬는다고 했다. 아주 잠시, '할랄이 아닌데…….' 하고 망설였지만 그런 것을 따질 형편이 아니었다.

셋은 핫산 삼촌 집 근처에 방 하나를 얻어서 같이 살았다. 엄마와 나를 맞으려고 아빠는 큰돈을 들여 바로 옆에 방 두 칸짜리 집을 따로 얻었다. 아빠가 나에게 방을 따로 주려고 무리했다지만, 나는 밤에 잘 때마다 죽자고 엄마에게 달라붙었다.

이튿날 아침, 아빠와 삼촌들이 출근한 뒤에 엄마와 나는 조심스레 문을 열고 골목으로 나갔다. 골목에는 찬 기운이 가득했고, 메말라 버석거리는 느낌마저 들었다. 칠이 다 벗겨져 아무 빛깔도 없는 회색 집들이 죽 늘어서 있었다. 2층, 3층짜리 건물이 다닥다닥 붙어 있는데 사람이 별로 보이지 않았다.

저기 끝까지만 갔다 오자, 엄마가 속삭이며 내 손을 잡아끌었다. 그 끝에 다다르자 다시 저기 아래까지, 또 저쪽 끝까지……. 우리는 동네를 조심조심 구경하고 그 길을 되짚어 집에 돌아왔다. 이따금 지나가는 사람들이 우리 모녀를 뚫어져라 쳐다봤다. 엄마는 머리에 둘렀던 오르나(스카프)를 눈까지 끌어내려 시선을 가렸다. 엄마 걸음이 빨라져서 나는 종종걸음으로 따라갔다.

집이 그렇게 많은데 사람을 별로 만나지 못했다는 것이

몹시 이상했다.

"엄마, 여긴 사람이 많이 안 사나 봐요."

엄마도 고개를 갸우뚱했다. 왜 이렇게 사람이 없지, 중얼거리던 엄마는 저녁에 아빠에게 물었다.

"여기도 사람이 많지만 다카를 따라갈 수는 없지."

아빠가 껄껄 웃었다. 항상 많은 사람이 복닥거리는 올드 다카 거리에 익숙한 나는 한산한 골목길이 신기했다.

아빠가 텔레비전을 많이 봐야 한국말을 빨리 배운다고 해서 방송을 계속 켜 놨지만, 말을 알아들을 수 없으니 시끄럽고 피곤하기만 했다. 엄마도 그랬는지 올 때 가져온 카세트테이프로 벵골어(방글라데시어) 노래를 틀었다.

"이제 좀 살 것 같네."

엄마가 웃었다.

노래를 들으며 흥얼거리는 엄마와 나를 불러 아빠는 젓가락 사용하는 방법을 가르쳐 주었다. 쇠젓가락은 나한테 너무 길고 무거워서 자꾸만 손에서 미끄러졌다. 엄마는 이런 것까지 배워야 하느냐고 툴툴거렸지만, 곧 젓가락으로 껍질콩 조각을 집어 올리는 데 성공했다.

엄마는 밖에 나가는 것을 즐기지 않았다. 엄마와 달리 나는 골목에 자주 나갔다. 골목길이 익숙해지고 아는 얼굴이 하나둘 늘어 갔다. 친구도 생겼다. 나랑 동갑내기 여자애 진주였다. 진주는 몸이 작아 한참 동생 같았는데, 알고 보니 나와 동갑이었다.

“한국 나이로는 여섯 살.”

내가 다섯 살이라고 하자 진주 아빠가 고쳐 알려 주었다. 진주는 아침에 어린이집에 가서 저녁때나 되어야 집에 돌아왔다. 나랑 놀 수 있는 시간은 저녁 시간과 주말뿐이었다. 나는 온종일 진주를 기다렸다. 나는 진주랑 놀면서 한국어를 빠르게 익혔다. 진주 덕분에 동네 놀이터에도 진출했다. 맨손으로 만지면 손이 쩍 달라붙을 듯이 차가운 미끄럼틀도 같이 타고, 서로 밀어 주며 그네도 탔다.

내가 눈을 처음 본 곳도 그 놀이터였다. 처음에는 하나씩 나풀나풀 내려오더니 곧 하늘이 안 보이도록 쏟아졌다. 어디에 숨어 있었는지 아이들이 쏟아져 나와 놀이터를 뛰어다녔다. 아이들은 나를 흘깃거리며 저희들끼리 눈짓을 주고받았지만 곧 눈에 정신이 팔려 나 따위는 안중에도 없었다. 진주와 나는 언니들을 따라 했다. 눈을 굴려 조그만 눈사람을 만들고 눈을 뭉쳐 던져 보기도 했다. 한국에서 좋았던 추억을 말하라면 나는 어김없이 이날이 생각난다.

엄마의 취업

엄마는 방글라데시에서 조그만 미용실을 운영했다. 그 무렵 방글라데시에는 결혼한 여성이 독자적으로 경제 활동을 하는 경우가 드물었다. 미용도, 딱히 미용실이랄 것도 없이 주부가 이웃 여성들을 상대로 가정집에서 하는 것이 대부분이어서, 엄마처럼 가게를 따로 내는 경우는 거의 없었다.

그렇게 활동적인 엄마였으므로 한국에 도착하면 바로 일을 시작한다는 당연하고 큰 계획을 세우고 있었다. 브로커 비용을 마련하느라 빚을 많이 얻었기 때문에 마음이 급한 탓도 있었다. 그렇게 당차던 엄마가 정작 한국에 와서는 용기가 좀 꺾인 듯했다.

직접 마주한 한국은 방글라데시에서 막연히 듣고 알던 것과 많이 달랐다. 뉴스와 드라마로 보던 코리아, 경제 발전을 이룬 나라 코리아, 높은 빌딩 숲과 세련된 문화로 마음을 들뜨게 했던 코리아는 온데간데없이 사라져 버렸다. 서울에 가면 그 모습을 만날 수 있을지 모르지만 적어도 행복동

골목과 공장 거리에서는 찾아볼 수 없었다. 음식, 말, 옷차림……. 온갖 낯선 것들과 사람들의 눈초리에 엄마는 주눅 들었다. 이런 것을 왜 미리 말하지 않았느냐고 아빠를 타박해도 이미 때는 늦었다. 엄마는 낯선 것이 두려워 밖으로 나가기를 주저하고 망설였다. 특히 한국어를 못하는 것 때문에 힘들어했다.

아빠는 다른 것을 걱정했다. 한국어를 못하는 엄마가 공장에 가서 말을 알아듣지 못한다고 혼날까 봐 미리부터 마음 아파했다. 돈도 중요하지만 엄마가 한국어를 배운 뒤 천천히 일을 시작하기를 바랐다. 자신이 아무것도 모르는 채 기계 앞에 서서 보냈던 암담하고 무서운 시간을 엄마도 겪을까 봐 걱정했다.

아빠가 처음 일한 곳은 플라스틱 제품을 찍어 내는 사출 공장이었다. 아빠는 그런 기계를 난생처음 접했다. 한국인 동료가 한국어로 말해 가며 기계 다루는 법을 알려 줬지만 하나도 알아듣지 못했고, 다시 물어볼 수도 없었다. 지시를 제대로 알아듣지 못해 욕먹고 바보 취급 당하는 일이 잦았다. 굴욕적이고 고통스러운 나날이 꽤 오랫동안 이어졌다. 그런 기억 탓에 아빠는 엄마를 일터로 내보내기 두려웠다.

그런데 엄마가 장갑 공장에 일하러 가서 가장 먼저 지적

당한 것은 뜻밖에도 옷차림이었다. 엄마는 한국에서도 여전히 방글라데시 옷 샬와르까미즈를 입었다. 샬와르까미즈는 헐렁하고 무릎까지 내려오는 까미즈(윗옷)와 폭이 넓어 헐렁한 샬와르(바지), 오르나(스카프)가 한 벌이다. 여기서 오르나는 엄청 중요하다. 오르나를 빼면 옷을 입지 않은 것과 마찬가지다. 당연히 엄마는 항상 오르나를 둘렀고 그 차림으로 출근했다.

장갑 공장에서 만나는 한국인 아줌마들은 저마다 한마디씩 했다.

"스카프까지 하고 일하려고?"

"그 거추장스러운 것을 왜 하고 있어?"

"그렇게 늘어뜨리지 말고 목에 더 감는 게 어때?"

결정적으로는 사모님이 "그것 좀 벗어 버려. 기계에 끼면 어쩌려고 그래?"라고 말했다.

엄마는 오르나가 불편하거나 일하는 데 방해된다고 생각한 적이 없었다. 그런데 자꾸 지적받으니 한편으로는 반발심이 생겼고, 다른 한편으로는 이게 진짜 거추장스러운 건데 나만 몰랐나 하는 생각이 들었다. 엄마는 시무룩해져 그 자리에서 바로 오르나를 벗었다. 이튿날 아침에는 공장에 도착하자마자 살며시 벗었고, 나중에는 집에서부터 아예 안 하고 출근길에 나섰다. 겉으로는 담담해 보였지만 자존심이 무척 상한 엄마는 매일 괴로웠다.

엄마의 그런 심정도 모른 채 아빠는 “로마에서는 로마법, 한국에서는 한국법이지.” 하고 말했다. 그런 말은 엄마에게 위로가 되기보다 체념과 상처가 되었다.

나는 엉뚱한 상상을 했다. 엄마가 사리를 입고 갔으면 어땠을까? 사리를 벗으라고 했을까? 사리 한쪽 끝을 한국 아줌마가 잡고, 엄마는 춤추듯 빙그르르 돌며 긴 사리를 벗는다. 아무리 빙글빙글 돌아도 사리는 끝나지 않는다. 한국 아줌마들의 놀라는 표정까지 떠올리면서 나는 괜히 혼자 고소해했다.

자장면이 궁금해

엄마가 취직한 뒤로 나는 혼자 집을 지키며 엄마를 기다렸다. 엄마는 밖에 나가지 말고 문을 꼭 잠그고 있으라 했지만 집에 있기 싫었다. 특히 아빠가 야간 근무일 때는 낮에 자야 하니까 나는 텔레비전도 못 켜고 조용조용 움직여야 하는 게 여간 불편하지 않았다.

아빠 코 고는 소리가 들리면 나는 살그머니 집에서 나와 나름 사회 활동을 했다. 놀이터에 가서 혼자 그네를 타거나 여기저기 가게 앞을 왔다 갔다 하며 가게를 지키는 아줌마, 아저씨 들을 사귀었다. 슈퍼 할머니한테 과자를 얻어먹으면서 한국어를 배우기도 했다. 엄마를 기다리는 시간은 지루하고 심심했다.

그날도 하릴없이 대문 앞에 앉아 엄마를 기다리는데, 제 아빠 손을 잡고 어린이집에서 돌아오는 진주를 먼저 만났다. 평소보다 이른 시간이었다. 골목으로 들어서는 진주를 본 내가 신나서 달려가자 진주도 나한테로 달려왔다. 우리는 서로 부둥켜안고 팔짝거렸다. 진주 아빠가 흐뭇하게 바라보더니 아주 좋은 제안을 했다.

"딸, 맛있는 거 사 줄까?"

"아빠, 자장면!"

나는 자장면이 뭔지 몰랐지만 진주가 먹고 싶은 것이 곧 내가 먹고 싶은 것이었다. 우리는 재잘대며 진주네 집으로 들어가 자장면이 오기를 기다렸다.

자장면은 수상한 음식이었다. 이 검은 것을 먹어야 하나 잠시 망설였지만 진주가 맛있다고 해서 용기를 냈다. 생각보다 맛있고 냄새도 좋았다. 탕수육이라는 음식도 먹었는데 고기 튀김을 새콤달콤한 소스에 찍어 먹는 요리였다. 아주 마음에 들었다. 배고팠던 나는 욕심껏 먹고 기분이 좋아 진주와 함께 〈곰 세 마리〉를 불렀다.

그때, 밖에서 나를 부르는 아빠 목소리가 들려왔다.

"아빠, 나 여기 있어요."

내가 벵골어로 말하자 진주와 진주 아빠가 신기해했다. 나는 신나서 더 큰 소리로 아빠를 부르며 밖으로 나갔다.

"로지나, 진주 집에 있었어? 얼굴에 뭐가 이렇게 묻었어? 자장면 먹었어?"

눈이 동그래진 아빠는 내가 대답할 새도 없이 연달아 질문을 던졌다. 마침 진주 아빠도 밖으로 나와 아빠를 만났다.

"안녕하세요? 로지나 아빠신가요?"

"예, 예, 안녕하세요."

"이제야 뵙네요. 로지나가 아주 예뻐요. 제가 애들 저녁 같이 먹였어요."

"고맙습니다. 그런데…… 이거 자장면이요?"

아빠가 내 입가를 손으로 닦아 주며 물었다.

"어이쿠, 자장면이 묻었네요. 로지나가 처음 먹는다는데 아주 잘 먹었어요."

"아저씨, 우리 탕수육도 먹었어요."

명랑한 진주 목소리에 아빠 눈이 또 한 번 커졌다.

"탕수육?!"

아빠 얼굴에 기묘한 표정이 스쳤다. 놀라움, 웃음, 찌푸림 같은 것이 한데 섞인 표정이었다. 하지만 아빠는 얼른 눈을 깜작여 표정을 바꿨다.

"로지나랑 진주 많이 친해요. 진주 우리 집에 많이 놀러 와요. 고맙습니다."

아빠와 진주 아빠는 서로 웃으며 악수했고, 진주와 나는 그 광경을 뿌듯하게 바라보았다.

나를 집에 데려다 놓은 아빠는 야간 일을 하러 회사에 갔고, 배부른 나는 텔레비전을 보다 잠들었다. 늦도록 잔업을 하고 돌아온 엄마가 잠든 나를 안아다 잠자리에 뉘었을 것이다.

나는 이튿날 아침에야 알았다. 전날 내가 먹은 게 무엇이었는지.

“돼지고기?”

엄마 눈이 왕방울처럼 커졌다. 아빠는 고개를 끄덕이고 나는 영문을 몰라 눈치를 살폈다.

“로지나, 어제 자장면, 탕수육 먹었지? 그거 돼지고기였는데, 맛있었어?”

그 말을 듣자마자 속이 홀랑 뒤집혀서 토할 것 같았다. 우에에엑! 하는 소리와 함께 뭐가 잔뜩 쏟아져 나올 줄 알았지만 이미 다 소화된 자장면과 탕수육이 나올 리 없었다.

“모르고 먹었으니까 괜찮아. 그런데 앞으로는 항상 조심해야 해. 한국 음식에는 돼지고기 진짜 많대. 엄마도 회사에서는 밥하고 풀만 먹고 있어.”

엄마는 구역질하는 내 등을 쓸어 주며 물을 마시게 했다.

엄마 아빠가 괜찮다고 하니까 속이 금방 가라앉았다. 자장면과 탕수육이 담겼던 배 속으로 달콤한 짜이(남아시아 사람들이 즐겨 마시는 밀크티) 한 잔이 얌전하게 잘도 들어갔다.

엄마는 주말에 진주와 진주 아빠를 집으로 초대했다. 삼촌들도 손님맞이에 신이 나서 입이 헤벌쭉했다. 진주는 싱

가라(양념한 고기와 채소를 넣고 만두처럼 만들어 튀긴 음식)를 아주 좋아했고, 진주 아빠는 비리야니(닭고기나 양고기, 채소를 볶아서 밥과 함께 찐 음식)가 맛있다고 했다.

아빠들은 단 한 번의 식사로 아주 친해져서 바로 형님 동생이 되었다. 두 살 많은 진주 아빠가 형님, 우리 아빠가 큰동생, 알롬 삼촌과 이크발 삼촌은 셋째 넷째가 되었다.

아빠는 형님에게 탕수육 사건을 조심스럽게 얘기했다. 이슬람교를 믿는 무슬림은 돼지고기를 먹지 않는다고. 우리 로지나가 그걸 먹었다고 해서 엄청 놀랐다고.

진주 아빠는 입을 딱 벌리며 놀라움을 감추지 못했다.

"세상에, 돼지고기를 안 먹는 사람도 있어?"

아빠는 놀란 진주 아빠를 안심시키려는 듯 엄청난 고백을 했다. 엄마가 싱크대 쪽으로 몸을 돌려 부엌일하는 것을 슬쩍 확인하고는 손짓을 해서 모두 가까이 모이게 한 아빠는, 사실은 말예요, 하고 잠시 뜸을 들였다.

"나도 돼지고기 먹어요, 삼겹살. 소주도! 한국 사람들 만나면 안 먹으면 안 되잖아."

소곤거리는 말이 끝나자마자 폭소가 터져 나왔다. 이상한 낌새를 눈치채고 다가온 엄마가 무슨 말이냐고 묻자 아빠는 눈을 내리깔고 입을 꽉 다물었다. 다른 사람들은 킥킥 웃으며 다음 상황을 기다렸다. 장난스럽게 눈을 치켜뜨며 채근

하는 엄마 앞에서 아빠는 꼼짝 못 하고 사실을 털어놓았다. 너무 놀라서 아빠 등을 '좌악' 때리며 벌떡 일어나던 엄마 모습이 지금도 눈에 선하다.

아빠의 변명은 이랬다.

"당신도 알잖아. 내가 원래 착실한 무슬림이라는 거. 그런데 한국에선 너무 힘들어서 어쩔 수 없이 그냥 먹었어. 한국 사람들 돼지고기, 소주 엄청 많이 먹어. 내가 그걸 안 먹으면 한국 사람들이랑 친구 못 해. 미안해."

아빠는 할랄을 제대로 지키는 것은 처음부터 포기했다고 한다. 이슬람 세계에서 살다가 이슬람을 전혀 모르는 한국에 오니 무엇보다 힘든 게 음식이었다.

"할랄 지키다간 굶어 죽어요, 한국에서는."

이크발 삼촌이 옆으로 쓰러지는 시늉을 하며 말했다.

아빠와 삼촌들이 연수생으로 일하던 회사에는 구내식당이 있었다. 직원 중 외국인은 세 명뿐이었다. 그 회사에 외국인 직원이 들어온 것이 그때가 처음이라고 했다. 기숙사에 따로 주방 시설이 없어서 아침은 빵과 우유를 먹고 점심, 저녁은 회사 식당에서 먹었다. 기숙사에 주방 시설을 만들어 달라고 하자 불이 날 우려가 있어서 안 된다고 했다. 아침 식사가 이르고 부실하니 점심시간까지 견디기가 힘들었다.

회사가 제공하는 식사에는 끼니마다 돼지고기나 닭고기, 또는 생선이 나왔다. 세 사람이 나름 정한 방법은 어떻게든 돼지고기만 피하자는 것이었다. 어차피 할랄 방식으로 도축한 고기는 구할 수 없으니 닭고기는 할랄을 따지지 않고 주는 대로 먹었고, 생선도 어지간하면 다 먹었다. 문제는 돼지고기가 나오는 날이었다. 한동안은 어쩔 수 없다 생각하고 밥에 김치, 콩나물만 먹었는데, 말을 조금 배운 뒤에는 식당 아주머니에게 돼지고기 못 먹는 사정을 얘기했다.

"돼지고기를 못 먹어? 왜? 이슬람? 그게 뭐여. 알라? 그건 또 뭐여. 어쨌든 못 먹는단 말이지? 그럼 달걀 부쳐 줄까? 후라이 말이여, 후라이."

아주머니는 흔쾌히 '달걀후라이'를 하사했다. 끼니마다 한 사람에게 두 개씩 여섯 개. 그런데 며칠 안 가 '후라이'가 하나씩으로 줄었다. 이유인즉, 하나면 충분하지 무슨 달걀을 두 개씩이나 주느냐고 상무님이 직접 지시했다고 한다.

"못 먹기는 뭘 못 먹어? 한국에서는 한국법을 따라야지!"

그 회사를 나올 때까지 세 사람은 '후라이' 때문에 섭섭했다. 이크발 삼촌이 그랬다. 밤중에 도망 나온 이유도 월급이 밀려서라기보다 어쩌면 '후라이'를 하나씩만 줬기 때문인지 모른다고. 그 말이 진짜일 수도 있다. 밤중에 몰래 회사에서 도망쳐 나온 날, 핫산 삼촌 집에 도착한 세 사람은 그 밤중에 달걀 한 판을 다 부쳐 먹었다고 했다.

그 뒤로 일을 구하지 못해 쩔쩔매던 아빠는 넉 달 만에 간신히 취직했는데, 출근 첫날 회사에서 조촐한 환영 파티를 열어 주었다. 먼저 일했던 회사에서는 회식에 외국인을 끼워 준 적이 없었으므로 아빠는 처음 경험하는 일이었다.

사장님, 공장장님을 포함해 아빠까지 다섯 명이 공장 근처 작은 식당으로 갔다. 아빠가 화장실에 다녀왔더니 불판 위에서 고기가 구워지고 있었다.

"이거 무슨 고기요?"

한국 사람들이 회식 때 돼지고기를 즐겨 먹는다는 말을 들은 적이 있어서 아빠는 조심스럽게 물었다.

"좋은 고기지. 소고기야, 소고기. 카우, 카우. 알지?"

공장장님이 대답하자 둘러앉은 사람들도 웃으며 고개를 끄덕였다. 공장장님은 고기 먹는 법을 가르쳐 주겠다며 시범까지 보였다. 상추에 고기를 올리고 고추며 마늘에 쌈장을 얹어 싸서는 아빠에게 아, 하라고 했다. 아빠는 멋쩍게 입을 벌려 받아먹으면서도, 그런 친절을 받아 본 적이 없어서 좀 어리둥절했다. 동료들은 와아, 박수를 쳤고 소주로 건배했다. 술을 마시지 않는 아빠는 입 안에 가득 든 상추쌈을 씹으며 두 손을 무릎에 올려놓은 채 멀뚱멀뚱 앉아 있었다.

아빠를 유심히 보던 사장님이 소주를 한입에 탁 털어 넣고 말했다.

"자네 이름이 뭐라고 했지? 싸이풀? 어, 싸이풀, 자네 술 안 먹으면 우리 회사 못 다녀."

알아듣지 못한 아빠가 "네?" 하고 되묻자, 사장님이 곁에 앉은 젊은 직원에게 말했다.

"영철아, 네가 통역해라."

"유, 쏘주, 노 드링킹, 유 아웃, 아웃."

영철은 아웃 하나에 X자 하나씩, 허풍스러운 팔 동작으로 X자를 두 차례 그려 보이며 말했다. 아빠는 아웃이라는 말에 기가 막혔다. 어떻게 잡은 일인데, 아웃이라고?

공장장님은 눈꼬리에 주름이 잡히도록 웃으며 소주잔을 가리켰다.

"마셔라. 드링킹, 쎄이프. 노 드링킹, 아웃."

가슴이 졸아든 아빠는 소주잔을 들어 살짝 입에 대 봤다. 원샷, 원샷, 원샷, 원샷. 영철이 시작하자 다른 이들도 덩달아 손뼉을 치며 응원했다. 아빠의 첫 소주는 그렇게 입으로 들어갔다. 와아, 하며 또 한 번 박수가 터져 나왔다.

그날 먹은 것이 돼지고기였다는 사실을 아빠는 다음 날 알게 되었다. 영철이라는 사람이 손짓과 영어 단어를 섞어 가며 설명하기를, 아빠가 화장실에 간 사이에 공장장님이 부추겼다고 했다. 공장장님은 전에도 방글라데시 사람과 같이 일한 적이 있는데, 그 사람이 돼지고기를 먹지 않아 밥 먹을 때마다 너무 힘들었다며, 싸이풀에게 소고기라고 해서 그냥 먹이자고 꾀를 냈다. 나이 든 사장님까지 모두 한패가 되어 아빠를 속였다.

아빠는 나처럼 눈을 뒤집으며 구역질했지만 돼지고기는 이미 아빠의 뼈와 살이 되는 중이었다. 아빠는 이슬람 계율을 어기고 술과 돼지고기를 먹었다는 죄책감과 환영받는다는 행복감이 어색하게 교차하던 그 순간을 한국어와 벵골어로 번갈아 가며 익살스럽게 말했다. 모두 웃느라 정신이 없는데, 엄마는 말없이 눈물을 흘렸다.

아무튼 그런 일이 있은 뒤로 회사 사람들과 친해지면서 아빠는 계율을 자주 어겼다. 물론 한국인과 어울릴 때만 그랬다. 한국 사람들은 무슬림이 돼지고기 안 먹는 것을 언제든 바꿔도 괜찮은 가벼운 취향 정도로 이해하는 듯했다. 무슬림이 계율을 깬다는 것이 어떤 의미인지 잘 몰랐고, 알고 싶어 하지도 않았다. 이크발 삼촌도 비슷한 경험을 거쳐 돼지고기를 먹게 되었다고 했다.

"그래도 나는 무슬림이야."

아빠는 음식 계율을 깼음에도 당당했고 여전히 무슬림으로 존중받기를 원했다. 음식 계율 외에는 최대한 무슬림의 자세를 지키려고 노력했다. 하루 다섯 번 기도해야 하는 의무도 회사에 있을 때는 지키지 못하지만 집에 있는 동안에는 지키려고 애썼다. 이크발 삼촌은 아빠를 따라 했고, 두 사람보다 엄격한 알롬 삼촌은 율법을 지키는 것이 중요하지만 아빠를 이해한다고 했다. 엄마는? 엄마는 그런 아빠랑 계속 같이 살아야 할지 생각 좀 해 봐야겠다고 했다.

사실은 나도 몰래 먹은 음식이 있다. 바로 라면이다! 엄마는 한국 라면에 돼지기름이 들어갔으니 먹지 말라고 했지만 나는 진주네 집에서 라면을 맛보고 말았다. 첫맛이 하도 강렬해서 입에 넣었던 면발이 도로 튀어나올 뻔했다. 그런데 간신히 삼킨 뒤 혀에 남아 착 감기는 그 맛은 나더러 자꾸 더 먹어 보라고 재촉했다. 한 입 또 한 입, 어느새 진주 라면을 다 빻어 먹고 국물까지 쪽 빨아 먹었다.

"그렇게 맛있어? 라면 먹으면 안 된다는 거 거짓말이지!"

진주가 귀여운 수다를 떨면서 다른 맛도 보여 주겠다고 했다. 진주는 새 라면 봉지를 꺼내더니 주먹으로 콩콩 때려 라면을 부쉈다. 봉지를 열어 수프 가루를 섞고는 엄지와 집게손가락으로 생라면 한 조각을 조심스럽게 집어 내 입에 쏙 넣어 주었다. 매워서 눈물이 나는데도 내 손은 자꾸 라면 봉지로 들어갔다.

"라면 안 먹으면 너네는 뭐 먹어?"

물론 방글라데시에도 라면이 있다. 마살라맛, 토마토맛 라면을 나는 아주 좋아했다. 올 때 몇 개 가져왔는데 오자마자 다 먹어 버려서 매일 그리웠다. 한국 라면은 돼지기름으로 튀겼으니 먹지 말라고 엄마가 으름장을 놓으면서, 튀김우동은 괜찮으니 그걸 먹으라고 했다.

"튀김우동만?"

"응. 그거에는 돼지기름 없대."

진주네 집에는 라면이 항상 박스째 있었다.

"우리 집에 라면 많아."

진주가 자랑스레 말했다.

진주는 아빠랑 둘이 살았다. 어릴 때 헤어진 엄마 얼굴은 잘 모른다고 했다. 사진도 없고 기억도 없어서 별로 보고 싶지 않다고 했다. 진주 아빠는 요리를 거의 하지 않고 주로 라면이나 배달 음식을 먹었다. 그 집 냉장고에는 비닐봉지에 담긴 김치와 스티로폼 용기에 담긴 배달 음식이 몇 가지나 들어 있었다. 가끔 과자 봉지가 열린 채 들어 있기도 했다.

나랑 친해지면서 진주는 자기 집보다 우리 집에서 지내는 시간이 길어졌다. 우리 엄마를 좋아했고 엄마가 해 주는 음식도 좋아했다. 생선 요리만 빼고 뭐든 잘 먹었다. 생선은 비린내 난다고 질색을 했다. 까탈스럽기는!

진주가 특히 좋아한 음식은 짜파티였다. 밀가루 반죽을 넓고 얇게 밀어 프라이팬에 노릇하게 굽다가, 반죽이 거의 다 익을 즈음 집게로 집어 불 위에 직접 대면 아래위로 볼록 부풀어 오른다. 진주는 엄마가 짜파티를 만들 때면 옆에 붙어 있다가 반죽이 부풀어 오르는 순간에 맞춰 "뻥!" 소리를 내며 탄성을 지르곤 했다. 달(콩으로 만든 커리 또는 수프. 취향에 따라 걸쭉하거나 묽게 먹는다)에 찍어 먹으라 해도 마다하고 마른 짜파티만 먹어 대더니, 한번은 제 집에서 김치를 가져와 얹어 먹었다. 나도 따라 하고 엄마도 따라 하다 결국 우리 가족 모두 짜파티와 김치를 같이 먹게 되었다.

반찬 가게에서 비싸게 사다 먹는 진주네 김치를 축내는 것이 미안해진 엄마는 채소 가게 아줌마에게 물어 가며 김치 담그는 법을 배웠다. 나중에 우리 집 김치는 기도소에도 선보였다. 진주네 집에도 작은 변화가 있었다. 냉장고 옆에 박스 하나가 더 생겼다. 박스 안에는 튀김우동이 들어 있었다.

말이 나온 김에 음식 이야기를 조금 더 해야겠다. 한국에서 할랄을 지키는 것은 정말 불가능하다고 할 수 있다. 그 흔한 김밥을 사 먹을 때조차 나는 번번이 긴장해야 했다. 분식집에 가서 김밥을 달라고 하면 대개는 미리 싸 놓은 것을 주려고 한다.

"아니요. 햄 넣지 말고 싸 주세요."

"햄 없이?"

주인은 못마땅한 얼굴로 김밥을 새로 싼다. 그런데 또 문제가 생긴다. 김밥 싸는 기계라도 된 듯이 손이 저절로 움직이는 주인은 자기도 모르게 햄을 잽싸게 올린다. 매의 눈으로 지켜보고 서 있던 나는 "햄 빼고요!" 하고 긴박한 외침을 날린다. 동시에 고민한다. 햄이 잠시 올라갔으니 살짝 묻었겠지? 저걸 그냥 받아야 하나, 다시 싸 달라고 해야 하나. 새로 싸 달라는 말이 나오지 않아 그대로 받아 와서도 구역질이 올라와 결국 먹지 못한다. 그런 난감한 상황을 겪고 김밥을 피하다 시간이 흐르면서 야금야금 익숙해졌다.

학교 급식도 큰 문제였다. 학교에 들어가기 전에는 고작 라면과 김밥으로 금기를 넘었다면, 급식을 먹으면서부터는 많은 것이 깨져 버렸다. 나는 급식을 통해 다양한 한국 음식을 접하고 좋아하게 됐지만, 돼지고기가 늘 걱정이었다. 급식 메뉴로 돈육볶음이나 햄 같은 반찬이 나오면 아예 포기하기가 쉬운데, 판단하기 어려운 음식이 나오면 고민을 거듭했다. 엄마는 같이 볶거나 끓여서 돼지고기가 다른 재료에 섞였다면 무조건 먹지 말라고 했다.

그렇지만 이미 한국 음식에 맛을 들이고 금기도 살짝 넘은 나는 모두 포기할 수가 없었다. 그래서 번번이 고민했다.

예를 들면 고추잡채에 들어 있는 돼지고기는 골라내고 채소라도 먹을까? 햄버섯볶음에 있는 햄은 친구들에게 먹어 달라고 하고 나머지는 내가 먹을까? 마파두부에는 갈아 넣은 돼지고기가 있는데 어떻게 골라내지? 골라낼 방법도 없고 내가 굶을 수도 없으니 그냥 먹을까? 만둣국의 만두에는 돼지고기가 분명 들어 있는데 이건 겉으로 보이지 않으니까 그냥 먹을까?

내 고민의 초점은 어떻게 피할까가 아니라 어떻게 하면 먹을 수 있을까에 있었다. 엄마 말대로 다 피하자면 나는 맨밥에 김만 싸 먹고 김치 깍두기만 먹어야 한다. 초등학교 1학년 때는 선생님이 김을 서랍에 넣어 뒀다가 나에게 챙겨 줬지만 언제까지고 그걸 기대할 수는 없었다. 엄마도 가방에 김을 넣어 주곤 했는데, 엄마가 바쁘고 힘든 탓에 오래가지는 않았다.

이 고민은 라주가 커서 어린이집에 가고 학교에 다니면서 고스란히 이어졌다. 라주가 무엇을 먹고 무엇을 가릴지 물었을 때, 나는 난감했다. 먹지 말라 할 수도 없고 그냥 먹으라 할 수도 없으니 말이다. 지혜롭고 처연한 내 처세술을 자세히 전수할 수도 없었다.

9·11사건

밤늦은 시각, 전화가 울렸다. 아빠는 잔업을 마치고 들어와 늦은 저녁을 먹고 있었다. 아빠가 식사하는 것을 보겠다고 버티고 앉았던 내가 쏟아지는 잠을 이기지 못해 고개를 떨구던 참이었다.

"로지나, 어서 자야지."

나를 달래는 소리와 동시에 전화벨이 울렸다.

무심하게 전화를 받은 아빠는 "응? 왜? 알았어!" 하고 짤막한 통화를 끝내자마자 서둘러 텔레비전을 켰다. 텔레비전 화면에 불타고 있는 높은 건물이 보였다. 비행기 두 대가 빌딩을 뚫고 들어갔다. 검은 연기가 피어올랐다. 미국 뉴욕이라고 했다. 대체 무슨 일일까? 뉴스 진행자가 잔뜩 흥분한 목소리로 말하고 있었다. 아빠 표정이 어두워졌다. 도대체 무슨 일이지?

이튿날 아침부터 뉴스에서 '테러'니 '알카에다'니 '오사마 빈 라덴' 같은 말이 쏟아져 나왔다. 아빠는 '알카에다'라는 이슬람 테러 조직이 미국의 심장인 뉴욕에 있는 세계무역센터 빌딩을 공격했다고 알려 줬다. 구조대가 무너진 건물 더미를 헤치며 사상자들을 찾는 모습이 나왔다. 사람들이 슬픈 얼굴로 길에 꽃과 양초를 놓고 기도했다. 텔레비전만 켜면 그 장면이 비쳤다.

먼 곳에서 벌어진 믿기 어려운 사건은 금세 우리 곁으로 바짝 다가왔다. 아빠 친구는 미국에 사는 자기 형제가 하필 그때 그 건물에 커피를 배달하러 갔다가 죽었다며 가슴을 치며 울었다.

어른들은 믿을 수 없는 일이라고 고개를 저었다. 그런 엄청난 짓을 저지른 알카에다 조직에 분노했고, 모든 이슬람교도를 그들과 똑같은 것들이라고 매도하는 험악한 분위기에 두려워했다. 아빠와 함께 길을 갈 때면 우리에게 손가락질하며 '테러', '알카에다' 같은 말을 하는 사람들이 있었다. 그런 말이 들려오면 아빠는 내 귀를 막고 빠르게 걸었다. 그들을 쳐다보지 말라고 했다. 아빠는 삼촌들과 엄마에게도 단단히 일렀다. 누가 뭐라 하건 쳐다보거나 반응하지 말라고, 만약 그랬다가는 조롱과 비난에 더 상처 입을 거라고.

우리는 알카에다, 오사마 빈 라덴이 지은 죄를 같이 뒤집어썼다. 남자들은 기르던 수염을 깎았고, 히잡을 쓴 여자들의 머리는 점점 더 숙여졌다. 험악한 분위기가 가라앉을 때까지 모두 힘겨웠다. 더 기가 막힌 사실은 그런 일이 시시때때로 계속 이어졌다는 것이다. 세계 곳곳에서 테러 사건이 일어날 때마다 우리는 의심받고 비난받았다. 탈레반이니 IS 같은 난데없는 이름이 우리에게 붙여졌다. 무엇이라 불리든, 사람들 눈에 우리는 테러리스트와 동급이었다.

월드컵 비자

해가 바뀌어 2002년이 됐다. 한국에서 월드컵이 열린 그 해에는 온 나라가 들썩들썩했다. 방글라데시는 축구를 잘 못하니 월드컵 경기와 아무 상관이 없는데, 그럼에도 아빠와 삼촌들은 관심이 컸다.

3월에는 우리에게 엄청난 뉴스가 있었다. 한국 정부가 월드컵을 앞두고 '불법 체류' 외국인에게 비자를 준 것이다. 이듬해 3월까지 무려 1년이나! (불법체류방지 종합대책. 2002년 5월까지 자진 신고를 하는 사람에게 2003년 3월까지 출국을 유예해 준 정책. 월드컵을 앞두고 체류 외국인을 관리하기 위한 방침이었다.) 비자 유효 기간이 지났는데도 출국하지 않고 계속 체류하던 사람들의 자진 신고를 받아 출국을 준비할 수 있게끔 시간을 준다는 의미라고 했다. 아무튼 우리 가족은 그것을 '월드컵 비자'라고 불렀다.

아빠와 삼촌들은 뉴스를 듣자마자 대사관에 여권 발급을 요청했다. 아빠와 삼촌들 여권은 연수생으로 일했던 회사에 두고 왔다고 했다. 그 회사 상무가 여권을 보여 달라 하더니 금고에 넣어 버리고 달랑 복사본만 줬다고 했다. 연수생들이 다른 회사로 가 버릴까 봐 여권을 빼앗은 것이다. 다른 회사들도 다 그렇게 했다고 한다. 왜 그런 괜한 짓을 하는 거지? 아빠와 삼촌들이 그랬듯 여권 없이 다들 이렇게 '도망' 나왔는데!

그런 이유로 여권이 없던 아빠와 삼촌들은 부랴부랴 여권을 새로 만들어 비자를 받았다. 우리 가족에게 비자가 생겼다. 꿈만 같았다. 없던 비자가 생긴다는 것은 정말 엄청난 일이다. 우리는 문밖을 나설 때마다 항상 주변을 살피곤 했다. 두어 명씩 짝을 이루어 다니는 남자들이 있는지 눈동자를 재빠르게 굴려 확인하는 것이 버릇이었다. 단속반일지 모르는 사람의 털끝이라도 보이면 얼른 숨어야 한다. 그렇게 늘 조마조마하던 마음이 사라졌다. 우리는 어깨를 펴고 당당하게 문밖을 나설 수 있게 되었다.

그즈음 아빠가 전화를 한 통 받았다. 한국에서 이주노동자 노동운동을 하는 고향 친구였는데, 아빠에게 1년짜리 가짜 비자를 거부하고 진짜 노동비자를 요구하는 일에 동참해 달라고 했다. 아빠는 순간 당황하는 눈치였다. 벌써 받았으니 어쩌느냐고 거듭 미안하다 말하며 전화를 끊은 아빠는,

자기를 희생해 가면서 그런 노력을 하는 사람들이 있어 참 고맙다고 말했다.

그 말에 엄마가 화들짝 반가워했다.

"세상에나, 여기서도 그런 일을 하는 사람들이 있어? 방글라데시 사람이?"

"있지! 방글라데시 사람도 있고 다른 나라 사람도 있고. 내가 오기 전에도 그렇게 나서서 싸운 사람들이 있었대."

"그럴 수가!"

"내가 연수생으로 처음 왔을 때, 주야간 일하면 월급이 40만 원 정도였거든. 그런데 나보다 한 해 일찍 온 사람들은 16만 원인가 얼마였대. 한국인들 절반 수준도 안 준 거지. 너무 부당하다고 누군가 열심히 싸웠어. 그 덕분에 월급이 오르고, 건강보험도 되고 산재보험도 된 거야. 그전에는 외국인한테 아무것도 없었는데."

"한국말도 모르는 외국인이 어떻게 싸웠을까?"

"같이 하는 한국 사람들이 있어. 아까 전화한 친구도 자기 혼자 하는 게 아니야. 여럿이 같이, 한국 사람들도 같이."

"그렇게 좋은 한국 사람들이 있어?"

"그걸 '연대'라고 해. 나도 당신 오기 전에 집회에 두 번 가 봤어."

"왜 이러셔! 내가 '연대'를 모를까 봐? 그런데 당신이 집

회엘 갔다고?"

"그렇다니까. 연수제도가 기술 가르쳐 준다고 데려와서 가르쳐 주는 기술은 없고 브로커들만 배 불리는 제도라면서, 연수제도 철폐하고 노동비자 달라는 집회였는데, 정말 굉장하더라고."

"노동비자만 있으면 방글라데시에도 왔다 갔다 할 수 있고 한국 사람하고 똑같이 대우받는 건가?"

"글쎄……. 자세한 건 나도 잘 모르지만, 비슷하지 않을까? 왜, 그렇다면 당신도 나가서 싸우고 싶어?"

"마음 같아서는!"

엄마 대답이 뜻밖이었다. 마음 같아서는 나가서 싸우고 싶다고? 우리 엄마가? 싸움이라면 길거리에서 뒹굴며 치고받는 것인 줄로만 알았던 나는 엄마의 그런 모습을 상상할 수 없었다. 엄마가 어떻게 싸운다는 걸까? 그때는 모른 채로 지나갔는데, 한참 뒤에 알게 된 엄마의 역사는 더더욱 뜻밖이었다.

엄마는 방글라데시에서 정치운동에 참여했다고 했다. 총선을 앞둔 2000년에 방글라데시는 정치 조직 간 대립이 심각했는데, 엄마는 열렬한 야당 지지자였다. 엄마가 미용실에 오는 손님에게 조심조심 선전 활동을 하다가 그 사실이 알려지면서 반대편 사람들에게 위협을 받았다. 그들은 미용실로 들이닥쳐 엄마를 죽인다고 협박하고 손님에게까지 으름장을 놓았다. 엄마는 해코지당할까 두려워서 나를 데리고 친척 집으로 피했다가 한국으로 왔다. 어린 나는 친척 동생들과 노는 것이 마냥 즐거웠고 아빠가 있는 한국에 오는 것이 신났을 뿐, 그런 사정은 전혀 몰랐다.

엄마 아빠는 한국에서도 방글라데시 정치 상황을 자세히 살피곤 했다. 우리가 한국으로 피신한 이듬해 총선에서 다행히 엄마가 지지하는 야당 연합이 크게 이겼다. 엄마가 좋아서 펄쩍 뛰며 박수 치던 모습이 지금도 생각난다. 엄마는 한국에서 방글라데시 사람을 새로 만날 때마다 그 사람의 정치 성향을 살펴보곤 했다. 엄마는 자기와 생각이 비슷한 이들을 즐겨 만났고 반대쪽 사람들은 애써 멀리했다. 혹시 모를 위험을 피하려는 노력이었다.

학교 갔다 올게!
학교 가는 진주에게
손을 흔들어 주고
나는 길고 지루한 하루를 견뎠다.

입학

월드컵 비자를 받을 무렵, 엄마는 방글라데시로 돌아갈지 말지 계속 망설이고만 있었다. 선거에서 엄마네 편이 이겼다고는 하지만 반대파가 극성스러운 짓을 당장 멈춘 것은 아니었다. 그러다 비자를 받게 되고 엄마는 동생을 임신했다.

사실 엄마가 돌아가지 못한 가장 큰 이유는 무엇보다 돈 때문이었다. 엄마와 내가 올 때 들인 돈은 자그마치 8000달러로, 아빠 혼자 벌어 갚기에는 너무 큰돈이었다.

엄마는 한국에서 돈을 번다는 게 어떤 일인지 직접 겪어 보기 전에는 몰랐다고 했다. 그 말을 할 때 엄마는 슬픈 표정이었다. 한국에는 일자리가 많고 조금만 부지런히 일하면 쉽게 돈을 번다고 들어서 정말 그런 줄 알았다고. 한국에 와서야 그동안 아빠가 보내 준 돈이 어떤 고생을 해서 번 것인지 알고는 죽을 만큼 미안했다고. 아빠가 밤새워 야간 일을 하며, 어떤 때는 잠시도 쉬지 못한 채 24시간을 넘겨 일한다는 사실을 알고 기절할 만큼 놀랐다고. 엄마가 직접 공장에 들어가 눈치와 설움 속에 일을 해 보고 나서야 진짜 제대로 알았다고. 외국인이 한국에서 노동으로 돈을 번다는 것이 얼마나 뼈에 사무치게 서러운 일인지……. 나 때문에 쓴 돈은 내가 벌어야지, 엄마는 자주 결심을 확인했다.

"너 학교 들어갈 수 있는지 알아봐야겠다."

"정말? 진짜지? 엄마, 진짜지?"

너무 좋아서 나도 모르게 소리를 질렀다.

진주가 초등학교에 입학한 뒤로 나는 날마다 버림받는 느낌이었다. 진주가 가방을 메고 손을 팔랑이며 학교에 갈 때 나는 힘없이 손만 흔들어 줬던 터다. 나 같은 외국인 아이가 학교에 들어갈 수 있는지 주변에 아는 사람이 없었다. 아빠 회사 사장님도 과장님도, 진주 아빠도 모른다고 했다.

아빠는 외국인 상담소로 나를 데려갔다.

"네가 로지나구나? 한국말 할 수 있어?"

상담소 이모가 내 손에 막대사탕을 쥐여 주었다.

"네. 진주랑 많이 놀아서 말을 잘해요."

"한국에 온 지 1년 조금 넘었는데 한국어를 이렇게 잘해? 세상에나, 천잰데!"

아빠가 흐뭇한 눈으로 나를 바라봤다.

상담소에서 좋은 정보를 알려 줬다. 얼마 전부터 비자 없는 외국인 아이도 학교에 다닐 수 있게 됐다고 했다. 간단한 서류 몇 가지만 준비하면 되니 걱정하지 말라며, 바로 입학하면 한국어 때문에 고생할 테니 한 달 동안 한국어를 더 배운 뒤에 입학하자고 했다.

나는 상담소에서 소개해 준 대학생 선생님을 만났다. 선생님 이름은 유리였다. 나는 유리 선생님을 좋아해서 선생님이 가르쳐 주는 것은 뭐든지 잘 따라 했다.

학교에 처음 갔던 날을 잊을 수 없다. 엄마 아빠는 일을 빠질 수 없어 나 혼자 상담소 이모를 따라나섰다. 처음 갔던 학교는 진주가 다니는 학교였는데 단박에 거절당했다. 상담소 이모가 뭔가 적힌 서류를 보여 주며 조심스럽게 설득했지만, 교장 선생님은 아무리 그래도 소용없으니 다른 학교로 가라고 했다. 교장 선생님은 나를 싫어하는 듯했다.

내가 왜요? 이상하게 생겨서요?

교장 선생님에게 질문하고 싶은 것이 많았지만 그럴 분위기가 아닌 것 같았다. 상담소 이모가 내 손을 힘주어 잡으며 걱정 말라고 했다.

우리는 곧장 다른 학교로 갔다. 물론 그 학교에서도 나는 환영받지 못했다. 교장 선생님이 다른 학교도 많은데 왜 여기로 왔느냐고 퉁명스럽게 말했다. 이모는 아이가 듣고 있으니 제발 말을 조심해 달라고 했다.

이모가 서류를 보여 주며 차근차근 설명했다. 외국인 아이들이 많아지면서 교육부 방침이 아이들에게 공부할 기회를 주는 것으로 바뀌었다고. 교장 선생님은 그런 말은 들은 적 없다며 손을 저었다. 이모는 이번에는 물러서지 않겠다는 듯 그 자리에서 교육부에 전화를 걸어 항의했다. 이모가 바꿔 준 전화로 교육부 담당자와 통화하며 연신 예, 예, 하던 교장 선생님은 이내 말을 바꿨다. 나를 안 받겠다는 것이 아니라, 한국어도 못하고 한글도 모르는 애를 받으면 선생님이 너무 고생하니까 나중에 말을 배워서 오라고 했다.

그 말에 이모의 인내심이 바닥난 것 같았다. 이모가 무섭게 성을 냈다. 그걸 학교에서 가르쳐 줘야지 밖에서 배울 데가 어디 있느냐고 맞받아쳤다. 교장실에서 큰 소리가 나고 소란스러워지자 선생님들이 안을 들여다보며 수군거렸다.

그때 어떤 선생님이 들어왔다. 나이가 많아 보이는 여자 선생님이었다.

“저어, 교장 선생님……. 이 아이가 수업을 들을 수 있겠는지 제가 테스트 좀 해 봐도 되겠습니까?”

“김 선생님이? 그러시든지요. 나 원 참…….”

교장 선생님이 이모를 흘겨보며 마지못해 대답했다.

선생님은 내 옆에 앉으며 나와 눈을 맞췄다. 눈에 잔잔한

웃음이 잡혀 있었다. 나는 안도했다. 선생님은 나를 좋아하는 게 분명했다.

선생님이 책을 펴고는 나에게 읽어 보라고 했다. 전부 쉬운 글자였다. 한 달 동안 착실히 한글 공부를 한 내가 모를 리 없다. 척척 읽어 내자 선생님은 간단한 더하기 빼기 문제를 쓰더니 풀 수 있겠느냐고 물었다. 네! 나는 또박또박 두 문제의 답을 썼다.

"훌륭하네! 우리 반에 넣어 주세요. 제가 맡을게요."

선생님이 상냥하게 웃으며 말했다. 교장 선생님은 이맛살에 주름을 잔뜩 잡고 못마땅한 얼굴을 했다. 1초, 2초, 3초, 오래가지 않아 교장 선생님이 표정을 풀며 말했다.

"흠흠, 그러실래요? 나중에 문제 생길 수도 있는데……."

나는 그렇게 1학년 1반 학생이 되었다!

선생님은 교실 위치를 알려 주고 연필과 공책을 선물로 주면서 내일 아침에 늦지 말라고 했다.

나는 팔짝팔짝 뛰어 집으로 갔다. 엄마는 다행이라며 눈물을 흘렸다. 유리 선생님도 뛸 듯이 기뻐했다. 준비물이 적힌 종이를 들고 문구점에 가서 가방 가득 학용품을 샀다. 마냥 신기하고 설렜다.

나는 유리 선생님과 계속 같이 공부해서 곧 동화책을 줄줄 읽고 뜻을 이해할 수 있게 되었다.

엄마는 몸이 무거워지면서 회사를 그만두었다. 아빠는 편히 쉬라고 했지만 엄마는 조바심을 냈다. 동네 아줌마들에게 부탁해 부업을 알아보더니, 어느 날 일거리를 가져와 방안 가득 풀어 놓았다. 처음 가져온 것은 조그만 플라스틱에 얇은 색색깔 전선을 꽂는 일이었다. 엄마는 내가 만지면 불량 나온다고 만지지도 못하게 했다. 배가 불러 와 오래 앉아 있기 힘들 때도 엄마는 악착같이 일했다.

한국에서 미장원을 하면 어떨까, 엄마는 내게 몇 번이나 물었다. 그때 나는 어린 꼬마였지만 방글라데시 미장원과 한국 미장원이 다르다는 것쯤은 충분히 알았다. 그래서 내 대답이자 질문은 이러했다.

"한국 사람이 엄마 미장원에 올까요?"

굳이 내 말이 아니더라도, 엄마는 곧 포기했다. 유리창을 통해 미장원 안을 몇 번 들여다보고 내린 결론이었다. 스타일이 달라! 엄마는 가끔 방글라데시 이모들 눈썹을 정리해 주는 것으로 만족했다. 집에 놀러 온 이모들을 의자에 앉혀 놓고 엄마가 손가락 사이에 실을 끼워 눈썹 모양을 따라가며 잔털을 정리하면 아주 예쁜 눈썹이 됐다. 이모들은 보답으로 한두 시간씩 부업을 도와주곤 했다. 이모들은 두 명뿐이었다. 손님 두 명을 바라고 미장원을 열 수는 없는 노릇이었다.

붉은 악마

거리에 빨간 옷을 입은 사람들이 많아졌다. 옷마다 'Be the Reds!'라고 쓰여 있었다. 엄마에게 무슨 뜻이냐고 물어봤지만 엄마도 고개를 갸웃했다. 글쎄, 아빠한테 물어보자. 아빠도 삼촌들도 몰랐다. 모르는 것은 당장 물어봐야지.

유리 선생님에게 전화했더니 깔깔거리며 알려 줬다.

"붉은 악마라고 들어 봤어?"

"붉은 악마요? 아니요."

"한국 축구팀 응원단 이름이 '붉은 악마'인데, 영어로 'Reds'라고 쓰나 봐. 그러니까 'Be the Reds'는 '붉은 악마가 되어라' 그런 뜻이겠지? 같이 응원하자는 얘기야."

나는 엄청난 비밀이라도 알아낸 듯 의기양양하게 그 말을 전했다. 알롬 삼촌은 도무지 이해가 가지 않는다는 표정이었다.

"한국 사람들은 왜 거기다 악마를 붙이냐? 하여튼 이상하다니까."

알롬 삼촌이 그러거나 말거나 다들 붉은 악마 옷을 사러 시장으로 나섰다. 물론 알롬 삼촌도 하나 사 입고 근사하게 폼을 잡았다. 붉은 악마 옷을 입으니 우리도 한국 사람들과 같은 편이 된 것 같았다. 우리 가족이 지나가면 한국 사람들이 쳐다보면서 미소 지었고 어떤 사람은 엄지손가락을 척 올리기까지 했다. 아빠는 그런 대접은 처음이라고 했다.

내가 어린아이여서 그런지 길을 지나가면 사람들이 "예쁘다! 이 동네 사니?" 이런 말을 많이 한다. 눈이 마주치면 웃어 주는 사람도 많다. 그런데 어른들한테는 그러지 않는 모양이다. 아빠는 나중에 두고두고 이 이야기를 했다. 그때는 붉은 악마 옷만 입어도 한국 사람들이 다 친절했다고.

한국 팀 경기가 열릴 때, 진주 아빠가 우리 가족을 경기장에 데려갔다. 실제로 경기가 열리는 곳은 아니고, 축구 중계 방송을 커다란 영상으로 틀어 주는 경기장이었다. 다들 빨간 옷을 입고 있었다. 입구에서는 응원에 쓸 막대풍선을 두 개씩 나눠 줬다. 엄청난 축제였다. 골이 들어가면 사람들이 함성을 지르며 옆 사람을 끌어안았다. 아빠랑 삼촌들도 주변 한국 사람들과 끌어안고 뛰면서 좋아했다. 어떤 오빠가 나를 번쩍 안아 올려 목말을 태워 주었다. 여러 사람이 우리 모습을 사진 찍었다. 나는 그럴수록 더 신나게 소리를 질렀다. 가슴이 벅찼다.

아빠들과 삼촌들은 집에 돌아와서도 흥분을 가라앉히지 못했다. 경기를 회상하며 연신 떠들어 댔는데, 신기하게도 한국 선수들 이름이 술술 나왔다. 흥이 오른 아빠가 치킨을 쐈다. 행복한 날이었다.

이튿날 학교에서 담임 선생님이 신문을 보여 주었다.

"얘들아, 우리 반 지나가 신문에 나왔네. 같이 볼까?"

내가 한국인 오빠 어깨에 앉아서 환호하는 사진이 신문에 크게 실려 있었다. 친구들이 환성을 지르며 박수 쳤다. 선생님은 나에게 자랑스럽다고 했다. 내 어깨가 으쓱 올라갔다. 부모님 보여 드리라고 선생님이 챙겨 준 신문을 가방에 넣고 나는 집에 갈 시간만 기다렸다.

"쟤지?"

"그 신문? 어, 맞네."

"어우, 저 깜씨! 제 나라에나 가지 왜 여기서 저러고 다니냐."

"네가 가라고 해, 그럼."

"쟤 분명히 불법일 거야. 불법체류자. 우리 아빠가 그랬어."

교문을 나서는데 모르는 오빠들이 뒤에서 내 귀에 다 들리도록 큰 소리로 말했다. 분명 나에게 하는 말이었다. 가슴이 쿵쾅거리고 다리가 후들후들 떨렸다. 어서 뛰어가야지, 하는 마음과 달리 다리가 말을 듣지 않았다.

"야, 야, 아프리카. 너희 나라로 가. 야, 아프리카! 너희 나라로 꺼지라고!"

나는 뒤돌아보지 않았다. 못 들은 척 뛰었다. 오빠들은 계속 아프리카 어쩌고 하며 꽥꽥거렸다. 웃는 소리도 들렸다. 집까지 어떻게 왔는지 모른다.

숨이 잔뜩 차서 뛰어 들어오는 나를 보고 엄마가 "화장실?" 하고 물었다. 나는 가방도 그대로 멘 채 화장실로 후닥닥 들어가 변기에 한참을 앉아 있었다. 아프리카, 아프리카 하는 소리가 귓속에서 계속 쩌렁쩌렁 울렸다.

한참 만에 화장실에서 나오니 엄마가 어딜 갔는지 보이지 않았다. 나는 내 사진이 실린 부분을 펴서 신문을 싱크대 위에 살그머니 올려놓았다. 퇴근해 돌아온 아빠와 삼촌들이 신문을 보며 낄낄거렸지만 나는 웃지 않았다. 혼자 숨어 있고 싶었다. 엄마는 신문을 오려서 벽에 붙였다. 나는 교문 앞에서 겪은 일을 아무한테도 말하지 않았다.

라주

내가 아홉 살 되던 해에 라주가 태어났다. 집에 아기 냄새가 가득했다. 엄마는 젖이 모자라서 아기에게 분유를 같이 먹였다. 엄마 몰래 분유 가루를 한 번 훔쳐 먹어 본 나는, 그 달짝지근하고 고소한 맛에 끌려 호시탐탐 분유통을 노렸다. 아무리 참아 보려고 해도 손이 저절로 갔다.

나는 라주가 예쁘고 좋았지만 똥 기저귀를 갈아야 할 때면 미워서 심술이 났다. 엄마 몰래 조그만 엉덩이를 찰싹 때려 울리기도 했다. 그런 줄도 모르고 라주는 잘 먹고 잘 자라더니 어느새 조그맣고 하얀 이가 올라왔다.

엄마와 아빠는 또 고민했다. 한국에 언제까지 있을까. 언제 방글라데시로 돌아갈까. 지금 버는 돈은 먹고사는 것만 빼고 죄다 빚 갚는 데 들어가니 몇 년은 더 일해야 한다고, 아빠는 이미 작심하고 있었지만 엄마와 나는 문제였다. 엄마는 몹시 돌아가고 싶어 하면서도 엄마 때문에 진 빚 8000달러를 다 갚지 못해 계속 망설였다.

그때 엄마를 붙잡은 것은 아빠였다. 내가 자라는 모습을 곁에서 지켜보지 못해 마음 아팠다며 라주는 곁에 두고 직접 보고 싶다고. 아들이니까, 하는 말을 들은 것도 같고 내 상상인가 싶기도 하다. 엄마와 아빠가 도란도란 나누는 이야기를 듣고 싶어서 나는 잠들지 않으려고 기를 썼지만, 어느새 잠이 들어 기억이 흐릿하다.

그즈음 아빠는 귀엽게 방글거리는 라주를 물고 빠느라 아주 정신을 못 차렸다. 하얗게 올라온 아랫니가 신기하고 이쁘다며 날마다 들여다보고 손가락을 넣어 만지다 엄마에게 혼나곤 했다.

"쯧쯧, 아빠는 라주 보고 싶어서 일은 어떻게 하나 몰라요. 걱정이라니까, 걱정."

시샘인지 걱정인지 알 수 없는 감정으로 나는 잔소리를 해 댔다.

쉿! 조용히! 들킬라…
엄마가 숨죽여 말했다.

단속

비자는 월드컵 비자가 끝나 갈 즈음 한 번 더 연장됐고, 그 뒤로도 비자 받을 기회가 또 생겼다. 월드컵 때처럼 누구에게나 주는 것이 아니고 이번에는 조건이 조금 까다로웠다. 한국 정부가 연수생제도 말고 새로운 제도를 만들었다고 했다. 'EPS-고용허가제'라는 제도인데, 본래 비자 없이 일하고 있던 사람들에게 이 법을 적용해 기존 체류 기간에 따라 비자를 주게 된 것이다. 한국에서 지낸 기간이 3년 미만인 사람은 2년, 3~4년인 사람은 5년을 마저 채울 수 있게 해 준다고 했다.

온 가족이 모여서 종이에 써 가며 계산을 했다. 엄마와 나는 3년 가까이 한국에서 지냈으니 2년 좀 못 되게 비자를 받을 수 있다. 체류 기간이 벌써 4년이 넘는 아빠와 삼촌들은 11월 15일까지 출국해야 한다. 라주는 출생 신고를 하지 않았으니 서류상으로는 아직 없는 아기라 비자를 받을 수 없다.

자, 우리는 어떻게 하면 좋을까? 아빠와 삼촌들은 지금까지도 비자 없이 일한 날이 많았다면서 크게 걱정하지 말라고 했다. 그렇지만 11월 15일이 지나면 단속을 무섭게 할 거란다. 아빠와 삼촌들처럼 비자 없는 사람을 잡아가는 것이 단속이라고 했다. 엄마는 긴 한숨을 내쉬었다.

나는 설명을 들어도 '단속'이 뭔지 잘 몰랐다. 다만 두려움에 잠겨 어두워진 어른들 표정을 보고 몹시 무서운 일이라는 것은 알 수 있었다. 아빠는 나에게 밖에서 이런 얘기를 하지 말라고 당부했다. 특히 아빠와 삼촌들이 '불법체류자'라는 것은 절대 비밀이었다. 내 친구 진주에게도.

그해 여름은 답답하고 무겁게 지나갔다. 찬 바람이 불고 11월 15일이 가까워지면서 '불법체류자'는 더 이상 고용하지 말라는 뉴스가 자주 나왔다. 단속에 걸리면 외국인은 추방당하고 고용주도 큰 벌을 받는다고 했다. 아빠와 삼촌들은 회사에서 해고됐다. 아빠네 사장님이 미안하다고, 단속에 걸리면 벌금을 많이 물어야 하니 몇 달 지나서 좀 조용해지면 다시 같이 일하자고 했다. 사장님은 아빠더러 잡히지 말고 잘 숨어 있으라면서 쌀 40킬로그램을 집으로 보내 주었다. 엄마는 아빠에게 라주를 맡기고 일자리를 찾았다.

끔찍한 소식이 들려왔다. 비자를 받지 못한 스리랑카 사람이 강제 추방당할까 무서워 달리는 지하철에 뛰어들어 목숨을 끊었다는 뉴스였다. 엄마는 너무 가슴 아프다며 눈물을 흘렸다. 놀란 가슴이 가라앉을 새도 없었다. 다음 날에는 방글라데시 사람이 목을 매 세상을 떠났다. 그 사람도 비자를 받지 못했다. 그 전날 회사에서 일을 그만두라는 말을 듣고 힘들어했다는 증언이 있었다. 빚진 돈도 많다고 뉴스에서 전했다.

"이번에는 벵갈리(방글라데시 사람)래!"

"아……!"

"이렇게 하나씩 죽게 되는 거야?"

어른들 대화에서 공포가 느껴졌다. 어지럼증을 느낀 엄마는 싱크대를 짚고 버티다가 끝내 털썩 주저앉아 넋 놓은 얼굴로 멍하니 있었다. 우리 나라 사람이 죽었다는 소식은 내게도 큰 충격이었다. 공포가 밀려왔다. 그 뒤로 러시아 사람, 우즈베키스탄 사람이 차례로 목숨을 끊었다. 누가 죽었다는 소식이 끊이지 않고 이어졌다.

"아빠, 강제 추방이 그렇게 무서운 거예요? 우리도 강제 추방당하는 것보다 죽는 게 더 나아요?"

"아냐, 우린 그렇지 않아. 그 사람들은 아마 다른 문제도 있었을 거야. 갚아야 할 빚이 많은 사람도 있고……."

"우리도 빚이 있다면서요?"

"우리도 있지……. 왜, 우리 딸, 나라로 돌아가고 싶어?"

아빠는 말을 얼버무리고 나에게 되물었다.

"아빠 엄마가 죽을까 봐 무서워요. 그렇지만 돌아가고 싶지는 않아요."

막상 방글라데시로 돌아간다고 생각하니 겁이 났다. 글을 새로 배워야 하는 것도 걱정이고, 막 재미있어지는 학교에 못 가는 것도 싫었다. 진주를 비롯한 친구들과 헤어지는 것도 상상할 수 없었다.

삼촌들은 살던 방을 빼고 우리 집으로 들어왔다. 버는 돈이 없으니 한 푼이라도 줄여야 했다. 이제 우리 집에서 돈 버는 사람은 엄마 혼자였다. 아빠와 삼촌들은 꼼짝 않고 집에 있었다. 창밖으로 말소리가 새면 외국인이 사는 집인 것을 들킬까 봐 창문에 두꺼운 천을 달았다. 덩치 큰 남자 어른 셋과 보행기 밀고 다니는 데 한창 재미 붙인 라주까지, 여섯 사람이 함께 지내기에 집은 좁아도 너무 좁았다. 집 안이 우울한 분위기로 가득했는데, 천진한 라주 덕분에 그나마 소소한 미소가 피어났다. 우리는 웃음소리마저 무서워서 숨죽여 말하고 숨죽여 웃었다.

왜 갑자기 삼촌들이 우리 집으로 이사했는지 진주가 물었지만 나는 그냥, 이라고 말했다. 진주 아빠는 아무것도 묻지 않았다. 다만 닭고기와 감자, 양파가 가득 든 봉투를 들고 우리 집을 찾았다. 문 두드리는 소리에 놀라 당황하던 아빠는 진주 아빠를 끌어안고 눈물을 흘렸다. 라주는 복닥복닥 모여 앉아 한숨을 쏟아 내는 어른들 틈에서 첫돌을 맞았다.

바다 여행

3월이 되자 단속이 조금 느슨해지는 듯했다. 아빠네 사장님이 회사에 다시 나오라고 전화를 했다. 아빠가 눈물을 글썽였다. 보일 리도 없는데 고개까지 숙여 가며 "사장님, 고맙습니다. 고맙습니다." 인사했다. 나까지 눈물 나고 고마웠다. 삼촌들도 일자리를 구했고 다시 방을 따로 얻었다.

나는 3학년이 되었다. 당장 식구가 다 일하러 가고 나도 학교에 가야 하니 라주를 돌볼 사람이 없는 게 문제였다.

"이제 돌도 지났으니 어린이집에 가도 되지 않을까?"

우리 집 걱정거리를 꿰고 있는 진주 아빠가 의견을 냈다.

엄마는 나를 앞세워 어린이집에 찾아갔다. 집에서 가까운 두 군데 어린이집은 외국인이라서 안 받는다고 했다. 첫 번째로 찾은 어린이집은 외국인 아이들은 결석이 잦아서 곤란하다고 했고, 두 번째로 간 어린이집은 외국인 엄마들이 자꾸 원비를 깎아 달라고 졸라서 골치 아프다고 했다. 거절당하면서 그런 말까지 들으니 어린 나도 마음이 언짢았다.

다행히 세 번째 찾아간 어린이집에서 받아 줄 수 있다고 했다. 그런데 다달이 내야 하는 돈이 40만 원이나 되었다. 월급 절반을 뚝 잘라야 하는 액수여서 엄마는 울상이었다.

"집에만 있으면 한국어 못 배워요. 한 살씩 올라가면 원비가 줄어드니까 그냥 보내세요. 제가 잘 돌봐 줄게요."

망설이는 엄마가 안쓰러운지 원장님이 다독였다.

"한국어를 먼저 배우면 벵골어를 못 배울 거 같은데……."

엄마는 갖가지 걱정거리를 안고 있었다.

"로지나, 이거 좀 써 봐라."

곧 마음을 굳힌 엄마가 나에게 원서를 내밀었다. 한글을 읽고 쓸 줄 모르는 엄마는 한글이 쓰인 종이만 봐도 잔뜩 주눅 든다. 나는 원장님 도움을 받아 또박또박 글씨를 써넣었다. 원장님은 예쁜 딸이 똑똑하기까지 하다며 내 머리를 쓰다듬었다. 글씨 쓰는 손이 자랑스러움으로 춤을 추었다.

원장님의 칭찬은 곧 당부로 이어졌다.

"엄마가 늦는 날에는 네가 동생 데리러 와야 해. 알았지?"

굳이 말하지 않아도 나는 직감하고 있었다. 아빠는 야간 근무가 더 많고 엄마도 잔업을 하는 날이 많으니, 라주를 챙기는 일은 내 차지라는 것을 말이다. 라주는 제 몸보다 큰 어린이집 가방을 메고 좋아라고 뒤뚱거렸다.

그해 여름, 우리 가족은 진주네 가족과 함께 동해 바다에 놀러 갔다. 진주 아빠가 회사에서 큰 승합차를 빌려 온 덕에 삼촌들까지 모두 따라나섰다. 민박집 할머니는 외국인 손님은 처음이라며 반가워했다. 라주가 한국어로 "할머니" 하고 똘망똘망 말하는 것이 신기했는지, 아이를 무릎에 앉히고 이것저것 말을 가르치기까지 했다. 진주와 나는 라주를 떼어 놓고 우리끼리 놀 수 있으니 더 신이 났다.

나는 텔레비전으로만 보던 바다에 완전히 반했다. 바다가 이렇게 근사한 곳이구나! 철썩이는 파도를 피해 다니며 진주와 나는 까르륵거렸다. 행복했다.

저녁에는 바비큐 파티를 했다. 돈을 아끼려고 숯불은 하나만 피웠다. 불판을 둘로 나누어 한편에는 진주네 삼겹살을 굽고 다른 한편에는 우리가 먹을 오리고기를 구웠다. 엄마는 두 고기가 서로 닿지 않게 하려고 온 신경을 쏟았다.

소주가 들어가자 흥이 오른 아빠들 목소리가 점점 커졌다. 떠들썩하고 유쾌했다. 아빠들이 여름마다 같이 바다에 오자고 약속하는 소리를 듣고 진주와 나는 너무나 좋아서 손을 맞잡고 팔짝팔짝 뛰었다.

"네 아빠 때문에 나라에 못 가. 저렇게 좋아하는 소주를 나라에 가면 못 먹잖아."

엄마가 혼잣말인 듯 중얼거렸다.

이슬람 교회

아빠가 삼촌들과 회의에 다녀왔다. 방글라데시 사람들을 중심으로 마을에 이슬람 기도소를 만들자는 회의였다. 다른 지역에서는 벌써 건물을 사거나 세를 얻어 이슬람 교회를 만들었다고 했다. 교회는 무슬림의 예배 장소일 뿐 아니라 모임과 식사, 휴식을 할 수 있는 안식처였다. 일자리를 잃어 당장 잠잘 곳이 없는 이들은 교회에서 자기도 한다.

우리 동네에 기도소가 생기면 모두에게 좋은 일 아니겠느냐, 다른 지역에서도 잘하고 있다니 우리도 해 보자, 이렇게 마음을 모은 어른들은 천만 원을 모아서 세를 얻고 간단한 시설을 마련하자고 약속했다. 모금은 당장 시작하기로 했다.

글씨를 잘 쓰는 알롬 삼촌이 기도소의 취지를 알리고 모금에 참여해 달라는 홍보물을 만들었다. 삼촌은 하얀 종이를 반으로 접고 또 반으로 접기를 여러 차례 반복해서 줄을 만들었다.

"이렇게 해야 삐뚤어지지 않게 글씨를 쓸 수 있거든."

묻지도 않았는데 삼촌이 친절하게 알려 줬다.

"종이 접는 거 나도 알아요. 학교에서 종이부채 만들 때 비슷하게 했어요."

삼촌은 "종이부채가 뭐니?" 하고 물었지만, 내 대답을 기다리지도 않고 이내 글씨를 쓰기 시작했다. 회의에서 결정한 내용이 적힌 노트를 펴 놓고 글을 옮겨 적었다. 나는 종이에 쓰이는 방글라데시 글자를 잠자코 바라보았다.

"이거 읽을 줄 알아, 로지나?"

아는 글자가 몇 개 있었지만 무슨 뜻인지는 몰랐다.

"우리 글을 알아야 하는데, 우리 로지나 큰일이네."

"삼촌은 뭐 한글 잘 알아요? 나는 국어 점수도 90점 받는다고요."

발끈하는 내가 귀엽다는 듯 알롬 삼촌은 눈웃음을 지어 보이더니 다시 고개를 숙이고 글씨 쓰기에 집중했다. 이 근처에 사는 사람들은 모임 때 직접 돈을 내고, 멀리 사는 사람들은 엄마 은행 계좌로 돈을 보내라는 내용이라고 했다. 엄마는 아직 비자가 있어서 은행 거래를 해도 문제가 없기 때문에 엄마 계좌를 사용한다고 했다. 엄마는 자기 통장으로 돈을 모은다니 영광이라며 통장을 내줬다. 삼촌은 엄마 통장의 계좌 번호를 옮겨 적었다. 읽지는 못하지만 아름다운 글씨였다.

"로지나, 이거 백 장 복사해다 줄래?"

"심부름 값 천 원."

나는 종이를 팔랑거리며 문방구로 달려갔다.

아빠는 기도소 자리를 얻었다며 같이 보러 가자고 했다. 집 근처 버스 정류장 앞에 있는 건물 지하인데, 전에 노래방을 하던 자리라고 했다. 벽에는 낡은 노래방 간판이 그대로 걸려 있었다. 내부는 시설을 다 철거해서 꽤나 넓었다.

"벽에 페인트칠을 해야겠다. 바닥에 스티로폼을 두껍게 깔고 그 위에 양탄자를 덮으면 춥지는 않을 거야."

아빠는 벌써 머릿속으로 이것저것 구상했다. 모금을 시작한 지 한 달 만에 벌써 700만 원이나 모였다고 아빠가 자랑스럽게 말했다.

이튿날, 일이 끝나려면 아직 멀었는데 엄마가 일찍 돌아왔다. 엄마는 가쁜 숨을 몰아쉬며 집으로 들어와 현관에 놓인 신발 위로 무너지듯 엎어졌다. 잔뜩 겁에 질린 얼굴이었다. 아빠는 야간 일을 가려고 일어나 씻고 있었다.

물을 벌컥벌컥 들이켠 엄마는 두서없이 말했다.

"폴리스(경찰) 왔어. 회사에. 그 종이를 가져왔어. 나한테 테러리스트라고 말했어. 내가 아니요, 아니요, 말해도 자꾸 테러, 테러…….”

너무 놀란 엄마는 그대로 달음질쳐서 집으로 왔다고 했다. 뒤에서 아줌마, 아줌마 부르며 경찰이 쫓아오는데 돌아보지도 않았단다.

아빠가 흡, 소리를 내며 숨을 들이쉬더니 문을 열어 바깥을 살펴보았다. 아무도 보이지 않았다. 아빠가 엄마 회사에 가서 무슨 일인지 정확하게 알아봐야겠다고 했다. 나도 따라나섰다. 우리 집에서 한국어를 제일 잘하는 내가 들어야 한다. 그래야 문제가 없다.

회사에 갔더니 과장님이 투덜대고 있었다. 갑자기 찾아온 형사와 놀라서 집으로 가 버린 엄마 때문에 물량에 빵꾸 나게 생겼다고 했다.

“아니, 그 형사가 무슨 이상한 글자가 적힌 종이를 갖고 왔어. 거기에 얘 엄마 이름이랑 계좌 번호가 써 있대. 은행에서 우리 회사 주소를 확인하고 왔다지 않아? 요즘 이슬람 테러 조직이 우리나라에도 들어와서 테러 자금을 모은대. 그래서 조사 나왔다는 거야. 메디나가 막 도망가니까 형사가 잡으러 쫓아가잖아. 내가 붙들고 말렸어. 이 근처에 살고 애들까지 있으니까 걱정 말라고 했지. 그나저나 불법체류자도 아닌데 왜 그렇게 도망을 쳐! 그리고 내 전화는 받아야지, 왜 내 전화까지 안 받느냔 말이야! 형사가 더 조사해 보고 다시 온대."

과장님은 참 별일 다 있다는 듯 '테러'라는 단어에 유난히 힘을 주어 말했다.

"그런데 그 종이에 왜 메디나 이름이랑 은행 계좌 번호가 있어?"

"과장님, 아니요. 우리 지금 교회 만들어요. 돈 모아요."

아빠가 제대로 말을 못 하면 어쩌나 싶은 걱정에 참지 못하고 내가 나섰다.

"버스 정류장 앞에 설렁탕집 있잖아요. 거기 지하에 교회 만들려고 이슬람 사람들이 돈 모으고 있어요. 지금 칠백만 원 모였대요. 어제 아빠랑 거기 가 보고 왔어요. 그 종이는 우리 알롬 삼촌이 쓰고 내가 문방구에서 복사한 거예요."

"그래? 그런데 그걸 왜 테러 자금이라고 하는 거지? 내가 그 형사 명함 받아 놨는데, 그렇게 말해 줘?"

아빠가 반색을 하며 다급하게 대답했다.

"예, 예, 해 주세요."

아빠는 형사들을 만났다. 나는 또 따라나섰다. 아빠는 '불법체류자'여서 세상에서 출입국 단속반과 경찰이 제일 무서운 사람이다. 그런데 과장님을 통해 연락이 닿은 형사들은 '불법체류'와는 아무 관계가 없으니 모금하는 내용만 확인해 달라고 했다. 아빠는 그 형사들을 데리고 설렁탕집을 하는 건물주를 찾아갔다. 기도소를 만들려는 것이 사실임을 확인시켜 주는 가장 확실한 방법이었다.

설렁탕집 사장님은 찝찝한 표정을 하며 “세 주지 말까?” 하고 형사들에게 물어보다가 나와 눈이 마주치자 얼른 눈길을 돌렸다. 형사들이 별다른 문제가 없으니 그냥 세를 줘도 괜찮겠다고 답하는 것을 듣고 나는 안심했다.

형사들은 아빠에게 진지하게 말했다.

“요즘 이슬람 테러분자들이 국내에 잠입해서 반한 단체를 만들고 있어요. 테러 자금을 마련하기 위해 모금하고 있다니까, 만에 하나라도 그런 데 휘말리지 마세요.”

나는 잠입, 반한 단체 같은 어려운 말을 형사에게 다시 물어 아빠에게 설명해 주었다. 너무 어려운 말이 많아서 아빠가 알아듣지 못할까 봐 걱정스러웠다.

“수상한 움직임이 보이면 바로 체포할 수도 있으니까 진짜 조심해야 해요.”

내가 보기엔 일부러 겁을 주려는 말로 들렸는데 아빠는 눈치채지 못하는 것 같았다. 아빠는 집에 돌아와 엄마에게 얘기를 전하면서, 체포라는 단어가 생각나지 않자 양쪽 손목을 맞대는 모양을 해 보였다. 아빠도 그 말을 알아들었던 것이다.

엄마는 그 모습을 보고 몸서리를 쳤다.

"거기서 내 이름이랑 계좌 번호 빼 줘요."

아빠는 난감한 얼굴로 입맛을 쩝 다셨다.

우여곡절 끝에 기도소가 문을 열었다. 엄마는 '테러분자 공포'가 어느새 사라졌는지 음식을 잔뜩 만들어서 기도소에 가져갔다. 아빠는 엄마의 비리야니가 최고라며 기뻐했다.

"아, 참! 그 형사들도 왔더라고. 지난번에 미안했다고, 뭐든 어려운 일 있으면 말하라고 그러던데! 당신 놀라게 해서 미안하대."

아빠 어깨가 으쓱했다. 기도소 문을 연 것이 기쁜 걸까, 형사와 알게 된 것이 기쁜 걸까? 아니면 둘 다?

라마단

기도소가 문을 열고 얼마 후에 라마단이 시작되었다. 라마단 기간에는 해가 뜰 때부터 질 때까지 아무것도 먹지 않는다. 물론 물도 마시지 않는다. 새벽에 일찌감치 아침을 먹고 해가 진 뒤에 같이 모여서 잔치하듯 저녁을 먹는다. 아빠와 삼촌들은 한국에 와서 라마단을 지키지 못했다고 한다.

"여기서는 일해야 하니까 종일 안 먹으면 살 수가 없어."

아빠는 기도소도 만들었으니 이번에는 라마단을 지켜 보고 싶다고 했다. 엄마는 일을 해야 하니 라마단은 지키지 못하겠다고 먼저 선언했다.

"아빠, 나는?"

"애들은 키 커야 하니까 안 지켜도 된다."

아빠가 내 질문이 흐뭇하다는 듯 대답했다. 우리 집에서는 아빠만 지키기로 했다. 아빠는 새벽밥을 엄청 먹었지만, 온종일 일하고 저녁에 집에 오면 눈이 쑥 들어가 있었다.

"몇 년 안 지켰더니 정말 힘드네. 다음 주는 야간이니까 낮엔 자면 돼. 괜찮아.”

우리 가족은 이번 금요일 저녁에 기도소에서 같이 먹을 음식을 준비했다. 아빠는 가난한 사람들이 겪는 굶주림을 직접 체험하고 알라를 향한 믿음을 확인하기 위해 금식을 하는 거라고 알려 줬다. 해가 진 뒤에 이웃과 함께 맛있는 음식을 먹는 것은 음식의 소중함을 느끼며 가난한 사람들에게 맛있는 음식을 베푸는 의미라고 했다.

기도소에 오는 사람 누구나 무료로 먹을 수 있어야 하니 엄청 많은 음식을 준비해야 했다. 엄마는 회사를 쉬고 종일 음식을 준비했다.

기도소에 사람들이 많이 모이니까 주변 한국인들이 궁금해했다. 우리는 한국인들에게도 음식을 권했지만 대부분은 손사래를 치며 거절했다. 옆 건물 꽃 가게 아저씨가 기도소 안까지 들어와 박수를 받았다. 파키스탄, 인도네시아 무슬림들도 와서 함께 음식을 즐겼다.

“라마단 무바라크!(라마단을 축하해요!)”

“라마단 카림!(풍요로운 라마단!)”

사람들은 저마다 풍요와 축복을 비는 인사를 나눴다. 기도소를 만드는 데 공을 들인 아빠는 라마단 내내 즐거움에 들떠 있었다.

라마단이 끝나고 이드 축제가 이어졌다. 기도소를 만든

그해에는 이드 축제도 꽤나 재미있었다. 나는 어른들한테 용돈을 많이 받아서 한동안 주머니가 두둑했다.

전화기 저쪽에는
신부가 앉아 있단다.

전화 결혼식

겨울이 찾아올 무렵 큰 경사가 생겼다. 가족 같은 이크발 삼촌이 결혼을 한 것이다.

알롬 삼촌은 결혼하고 한 달이 채 되기도 전에 고향을 떠나왔다. 집에는 아내와 여태껏 만나지 못한 아홉 살 된 아들이 있다. 집에서 편지와 사진이 오면 삼촌은 촉촉한 눈으로 미소 지으며 한참 동안 사진을 들여다봤다.

이크발 삼촌은 열아홉 살에 한국에 와서 어느덧 스물아홉 살이 되었다. 삼촌의 부모님은 아들이 총각으로 늙을까 봐 걱정이 컸다.

"절대 안 해요. 내 와이프는 내가 골라야지, 왜 부모님이 고르시냐고요."

부모님이 신붓감을 찾아보겠다고 말했을 때 이크발 삼촌이 전화에 대고 짜증 내며 한 말이다. 나는 흥미로운 구경거리를 놓치지 않으려고 삼촌 옆에 바짝 붙어 앉아 전화로 오가는 대화를 들었다.

삼촌은 나중에 돌아가서 연애결혼을 하겠다고 뻗댔지만 부모님 생각은 달랐다. 방글라데시 여성 대부분이 10대에 결혼하기 때문에 삼촌 나이가 많아지면 많아질수록 신붓감이 없어진다고 했다. 지금도 나이 맞추기 힘든데 서른을 넘기면 아가씨들이 싫다고 다 도망갈 거라고 했다.

"평생 결혼을 못 하기는 누가 평생 못 해요. 나는 달라요. 걱정 마세요."

삼촌은 무슨 자신감인지 큰소리를 떵떵 쳤다.

열한 살이 되어 막 10대에 들어선 나는 연애결혼을 하겠다는 삼촌 말에 가슴이 발랑거렸고, 방글라데시에서는 여자들이 10대에 결혼한다는 말에도 괜스레 마음이 간질거렸다. 나도 열한 살이니까 10대인데!

실랑이 끝에 전화를 끊은 삼촌은 코를 찡긋거리며 어른들을 탓했다.

"결혼이 뭐 그렇게 중요하다고……."

얼마 지나지 않아 이크발 삼촌은 사진을 몇 장 받았다.

"하여튼……. 보내지 마시랬더니."

봉투를 열어 사진을 꺼내 든 삼촌은 눈이 커지고 입이 벌어졌다. 나도 나도, 하면서 달라붙는 나에게 사진을 보여 주지 않으려고 삼촌은 팔을 위로 쭉 뻗었다. 내가 팔짝팔짝 매

달리자 아빠가 장난꾸러기 같은 표정으로 벌떡 일어나 삼촌 손에서 사진을 빼앗았다. 우아아아, 다들 입이 떡 벌어졌다. 사진 속의 아가씨가 모델처럼 예뻤다.

"잘 알아봐. 다른 사람 사진 보냈을지도 몰라."

알롬 삼촌이 고개를 흔들며 놀리듯이 말했다. 전에 어떤 사람이 실제로 겪은 일이라고 했다. 사진만 보고 전화 결혼을 했는데 집에 돌아가서 보니 다른 사람이 있더라고.

이크발 삼촌은 당장 부모님에게 전화를 걸어 확인했다.

"이거 가짜 사진 아닌가요? 뭐 이렇게 예쁜 여자가 있어요?"

그 아가씨는 이크발 삼촌의 큰어머니 쪽 친척이라고 했다. 큰어머니가 어려서부터 보아 온 사람이라고.

삼촌은 통화하는 내내 춤추듯 몸을 흔들며 방을 돌아다녔다. 신나서 어쩔 줄 모르는 사람 같았다. 변덕쟁이 삼촌은 단 몇 초 사이에 마음이 바뀌어 엉덩이가 들썩거렸다. 그러고는 아가씨 전화번호를 받았다. 통화하는 것을 엿듣고 싶었지만, 삼촌은 나를 따돌리고 자기 집으로 가서 문을 잠가 버렸다.

통화를 마치고 다시 우리 집으로 온 삼촌에게 무슨 얘기를 나눴는지 말해 달라고 조르자, 삼촌은 여자 목소리를 흉내 내서 말했다. 전화 기다렸어요, 어쩌고. 삼촌은 마음이

둥실둥실 떠다니는 것 같았다. 왠지 모르지만 나도 삼촌처럼 마음이 둥둥 떠 있었다.

당장이라도 달려가고 싶은 마음이 굴뚝같았지만 이크발 삼촌은 그럴 형편이 못 되었다. 10년이나 일했는데도 돈이 없었다. 그동안 번 돈은 부모님 집을 새로 지어 드리고 동생들 학비를 대는 데 다 들어갔다. 동생들이 막 학교를 마쳤으니 지금부터 버는 돈이야말로 자기 미래를 위해서 쓸 수 있다고 했다. 만약 지금 돌아가면 삼촌은 나이만 많고 돈은 하나도 없는 보잘것없는 신랑감이 될 터였다.

첫 통화 뒤로 알콩달콩 전화를 주고받던 삼촌은 예비 신부에게 앞으로 3년만 더 일하고 가겠다고 약속했다. 신부가 3년 동안이나 나이만 먹고 있을 수는 없으니 결혼식은 얼른 해야 한다고 해서 두 사람은 전화 결혼식을 하게 되었다.

결혼식은 일요일에 열렸다. 방글라데시에 돌아가면 정식으로 결혼식을 치를 거라 일단은 간소하게 하기로 했다. 그렇지만 아무리 간소해도 잔치는 잔치여서, 토요일부터 일요일까지 식당을 빌렸다. 근처 공장 식당 중에서 주말에 쉬는 널찍한 식당을 골라 돈을 주고 빌린 것이다.

삼촌들이 다 모여 잔치 음식을 준비했다. 엄마는 이크발 삼촌이 입을 옷을 챙겼다. 삼촌 부모님이 정성스럽게 준비해서 보내 준 금빛 옷은 무척 아름다웠다. 그 밖에도 금빛 천이 여러 장 같이 왔는데, 예식 공간을 꾸밀 때 쓰는 거라고 했다.

"아빠도 결혼할 때 이런 거 입었어요, 엄마?"

내 질문에 엄마가 웃으며 말했다.

"그럼! 아빠 옷은 이것보다 더 멋졌지."

토요일 저녁부터 손님이 많이 왔다. 모두 멋진 옷을 차려입었다. 샬와르까미즈와 양복을 입은 이들이 한데 섞여 어울렸다. 노란 사리를 차려입은 엄마 모습은 황홀했다. 나는 입이 헤벌어진 줄도 모른 채 넋 놓고 엄마를 바라보았다. 진주와 나는 쌍둥이처럼 진노란색 샬와르까미즈를 입었다. 어른들이 너도나도 같이 사진을 찍자고 하는 바람에 우리는 배우라도 된 것만 같았다.

모두 즐거웠다. 아버지와 삼촌들은 손님들 음식 대접에 정성을 쏟았다. 진주 아빠도 덩달아 바쁘게 음식을 나르고, 진주와 나는 사진 찍히랴 인사하랴 분주했다. 심부름도 잘한다고 칭찬받았다. 여기서 잔치를 하는 동안 방글라데시에 있는 신부 쪽에서도 잔치를 하는데, 거기도 손님이 많아 파티장을 빌렸다고 했다. 나는 파티장은 또 얼마나 근사할지 궁금했다.

다음 날에는 예식이 있었다. 이크발 삼촌은 금빛으로 장

식한 의자에 혼자 앉아 벙글거리며 손님을 맞았다. 원래는 신랑 신부가 같이 앉지만, 전화 결혼식이니 신부는 전화선 너머 저편에 앉아 있을 것이다. 삼촌은 전화로 이맘(이슬람 지도자)에게 맹세했다. 언제나 신부와 함께하겠다고. 그 모습을 보며 엄마는 눈가를 훔쳤다.

"엄마, 엄마. 삼촌 신부는 여기로 와요?"

"아니, 어떻게 와. 거기서 기다려야지. 삼촌 집으로 가서 남편도 없는 집에서 시집살이만 하겠지."

"아이, 정말 싫겠다. 엄마, 나한테는 그런 결혼 하라고 하지 마요."

"얘는, 벌써? 엄마도 그런 거 싫어. 너는 연애해."

이별

이크발 삼촌 결혼식이 있고 얼마 뒤, 진주네가 멀리 이사 갔다. 진주 아빠가 다니는 회사가 광주로 이전해서 따라가는 것이다. 회사 이전은 꽤 오래전부터 진행되어 온 일이라 우리도 이미 알고 있었다.

진주 아빠는 외둥이 진주가 나랑 친자매처럼 지내서 정말 좋았다고 했다. 진주와 나는 이사 가더라도 하루에 한 번은 꼭 전화하고 편지도 쓰자고 명랑하게 약속하곤 했지만, 막상 하루하루 헤어질 날이 다가오자 툭하면 마주 보고 눈물을 글썽였다.

이사 가기 전날, 엄마는 진주네를 초대해서 저녁을 대접했다. 아빠가 삼겹살과 소주를 꼭 먹어야 한다고 밀어붙인 덕에 드디어 우리 집에서 삼겹살을 굽는 역사적인 일이 벌어졌다. 엄마는 큰 눈망울을 위아래로 굴리다 천장을 한참 바라보더니 딱 한 번만이라며 어렵사리 허락했다. 그래도 우리 프라이팬과 접시에 돼지고기를 묻혀서는 안 된다고 엄명을 내렸으므로, 진주랑 나는 진주네 집에서 프라이팬이며 접시 따위를 옮기느라 두 집을 부지런히 오갔다. 진주 아빠가 쿡쿡 웃으며 고기를 구웠다. 두 가족은 오래도록 웃고 떠들었지만 웃음 아래로는 연한 슬픔이 흘렀다.

진주 아빠는 짐을 마저 싸야 한다고 돌아가고, 진주는 우리 집에서 자기로 했다. 우리는 나란히 누워서 꼭 끌어안은 채 아는 노래를 있는 대로 불렀다. 잠들기 아까운 밤이었다.

진주 아빠는 새로 이사 가는 사택에 붙박이 가구와 냉장고가 있다면서 깨끗한 서랍장 하나와 냉장고를 우리에게 주고 갔다. 덕분에 너무 낡아서 물이 새던 우리 집 냉장고를 바꿀 수 있었다. 냉장고와 함께 진주 할머니가 보내온 김치 한 통도 우리 집으로 넘어왔다. 진주는 광주로 가는 길에도 몇 번이나 전화를 했다.

날마다 전화해서 보고 싶다 훌쩍이던 진주는 친구가 생겼다는 소식과 함께 점점 연락이 뜸해졌다. 나는 상실감에서 헤어나지 못했다. 냉장고를 볼 때마다 진주가 생각났다.

새 학년이 시작되었다. 진주가 없으니 허전하기 짝이 없었다. 학교에서 친구들과 두루 잘 지내는 편이었지만 단짝 친구는 쉽게 생기지 않았다. 나는 기운 없이 학교를 오갔고 매사에 시큰둥했다. 벌컥 성질을 내는 일도 잦았다.

"로지나, 엄마가 할 말이 있어."

"응? 응."

나는 건성으로 대답했다. 〈디지몬〉 만화 영화를 보느라 텔레비전에 코를 박고 있던 나는 고개도 돌리지 않았다.

"로지나, 중요한 일이야."

에잇, 나도 중요한 순간인데! 나는 늘어 가는 엄마의 짜증에 더 큰 짜증과 퉁명스러움으로 맞서고 있었다. 엄마는 텔레비전을 끄라는 듯 턱짓을 했다. 입을 쑥 내민 나는 텔레비전을 끄고 엄마가 말하기를 기다렸다. 하지만 엄마를 향해 돌아앉지도, 엄마를 바라보지도 않았다.

"너, 둘째 동생 생겼어."

동생? 그럼 똥 기저귀 또 갈아야 하는 거야? 나는 대꾸하지 않았다. 대답을 기다리던 엄마가 말을 이었다.

"11월에 태어날 거야. 애기 나오기 전에 우리, 나라로 돌아갈까?"

기가 막혔다. 겨우 한국어 배우고 친구들 사귀었는데 돌아가자는 말을 그렇게 쉽게 하다니! 생각해 볼 필요도 없다. 절대 안 된다. 나는 사납고 거칠게 대답했다.

"싫어. 나는 여기가 좋아. 거긴 친구도 없고 글자도 모르잖아."

"그거야 다시 배우면 되는 거지……."

엄마는 말을 흐렸다.

나는 뾰로통해져서 입을 꼭 다물고 껌껌해진 텔레비전 화면을 바라보았다. 화면에 비치는 엄마는 문틀에 기대어 내 등을 바라보고 있었다. 그 모습을 지우려고 나는 텔레비전을 다시 켰지만 하나도 눈에 들어오지 않았다.

엄마가 그 말을 다시 꺼낼까 봐 두려웠다. 엄마를 이해할 수 없었다. 맘대로 나를 데려와 알아서 버티라고 던져 놓을 땐 언제고, 죽자 사자 버텨서 이제 좀 적응했더니 다시 가자는 말을 그렇게 쉽게 해? 어떻게 그래? 불만과 의문이 폭풍처럼 휘몰아쳤다. 더 알고 싶지도 않았고, 더 알아봐야 좋을 것도 없다고 생각한 나는 엄마에게 관심을 두지 않았다.

시간이 지나도 엄마 배는 불러 오지 않았다. 나는 엄마가 그 말을 했었다는 사실조차 아예 까먹었다.

그때는 내가 어려서 몰랐다. 엄마가 어떤 시간을 보내고 있었는지. 돌아보니 이때가 마지막이었다. 엄마나 아빠가 방글라데시로 갈까 어쩔까 하는 이야기를 꺼낸 것이. 내가 내 입으로 그 말을 꺼내기 전까지 아무도 말하지 않았다.

노를 잃어버린 작은 배가 하염없이 바다 위를 떠돌듯 우리 가족은 목적지도 희망도 없이 그저 물 위를 떠돌았다. 아무리 시간이 지나도 잔뿌리조차 내리지 않았다. 열두 살, 봄이었다.

만남

학교 가는 길은 익숙하고 단조로웠다. 오래된 주택이 늘어선 길은 낡고 좁았다. 건물이 빈틈도 없이 다닥다닥 붙어 있어서 그 사이로 바람이나 제대로 지나가는지 걱정스러울 지경이었다. 날이 더울 때는 열린 창문으로 앞집 옆집 아이들이 우당탕 떠드는 소리, 말 안 듣는 아이를 꾸짖는 엄마의 호통 소리가 흘러나와 다른 집으로 스며들었다. 너나없이 그렇게 살아서 서로 어지간한 사정은 다 알 정도였다.

모퉁이마다 쌓인 쓰레기는 날로 다양해지고 많아졌다. 작은 쓰레기봉투 하나가 놓이면 다음 날 그 옆에 화분이 버려지고, 부서진 쌀통이 합쳐지고, 또 깨진 항아리가 놓이고, 그 위로 쓰레기가 쌓이고 또 쌓였다. 종이 쪼가리 하나라도 쓸 만한 것은 당장 주워 가지만, 쓰레기는 그저 쓰레기니까 그 자리를 벗어나지 못했다.

쓰레기 쌓인 골목에도 계절은 흐르고 봄이 다시 왔다. 바람이 부드러워지고 멀리 산자락이 초록빛으로 가득 찼다.

동네에 라일락이 한 그루 있었다. 대부분 마당이 없는 집들이라 나무가 거의 없는데, 그 집에만 담장 위로 키를 쑥 올린 라일락이 있었다. 대문 안을 살펴보니 화단은 없고, 마당 시멘트를 깬 자리에 심긴 나무였다.

그 나무 아래쪽에 창문이 하나 있었다. 반지하 방에 난 그 창문은 마당 바닥에 거의 붙어 있는데, 내 기억에 그 창문이 열려 있는 것을 본 적이 없었다. 만약 창문을 열어 두면 길을 오가는 사람들이 방 안을 다 들여다볼 것이다.

라일락이 작은 연보랏빛 꽃을 피우던 어느 날, 나는 그 창틀에 두 팔을 얹고 물끄러미 꽃을 바라보는 얼굴을 보았다. 표정 없는, 아이 얼굴이었다. 내가 자기를 보고 있다는 것을 알아채고 그 아이도 나를 바라보았다. 내 또래로 보였다. 아이가 배시시 웃었다. 나는 학교 가는 길이었다는 것도 잊고 아이를 향해 다가갔다. 그렇게 나라를 만났다.

나라는 한국말을 못한다. 6년 전의 나와 같은 상태라는 것을 나는 본능적으로 알았다. 진주가 내민 손을 내가 무작정 잡았던 것처럼 나라는 내 손을 잡았다. 내가 나오라고 손짓하자 나라는 아무런 망설임 없이 방을 나와 라일락 아래에 섰다.

"안녕. 나는 로지나야. 로, 지, 나. 로, 지, 나. 5학년이야."

나는 손으로 내 가슴을 두드리며 내 이름을 가르쳐 주고, 손가락 다섯 개를 펴서 내가 몇 학년인지 알려 주었다. 설마 이걸 다섯 살로 알아듣지는 않겠지?

"나라."

그 애도 손으로 제 가슴을 두드리며 말했다. 이름이 나라구나. 나라는 주머니를 뒤져 휴대폰을 꺼내더니 제 엄마에게 전화를 걸어 나를 바꿔 주었다. 윙, 무슨 기계 돌아가는 소리가 멈추고 목소리가 들렸다.

"너는 누구니?"

"안녕하세요. 저는 로지나인데요. 저 지금 학교 가는데, 나라 데리고 가도 되나요?"

"학교? 나라는 학교에 안 다니는데?"

"아니요, 나라가 혼자 있어서 심심하니까 제가 데리고 가려고요. 나라가 집에 오고 싶다고 하면 제가 다시 데려다줄게요."

어리둥절한 나라 엄마에게 학교 이름, 학년, 반까지 알려 주고 허락을 받아 냈다. 그래그래, 서둘러 대답하는 것이 느껴졌다. 전화가 끊기기도 전에 윙, 하는 기계 소리가 또 들려왔다.

나는 나라의 손을 잡고 학교에 갔다. 교실에 들어서자, 걘는 누구야? 하고 묻는 듯한 반 친구들의 눈길이 쏟아졌다.

나는 웃으며 아이들을 헤치고 선생님 앞으로 갔다. 나라도 내 뒤를 따라왔다. 도대체 무슨 배짱으로 그랬을까?

그때 나는 내가 어렵사리 허락을 받아 학교에 들어갔다는 사실을 까맣게 잊고 있었다. 김 선생님이 나를 위해 발 벗고 나서지 않았더라면 학교에 다니지 못했을지도 모르는데! 그걸 잊고 친구를 데려가 교실에 앉히기만 하면 된다고 생각하다니, 지금 돌이켜 보면 참으로 어이없다.

"로지나 왔니? 이 친구는 누구니?"

"선생님! 얘가요, 집에 혼자 있어서 데려왔어요. 학교에 오고 싶을 것 같았어요."

나는 나라를 만나서 데려온 과정을 이야기했다.

"부모님 허락도 없이?"

선생님이 놀랐다.

"아니요. 허락 받았어요."

선생님은 내가 나라 주머니에서 꺼내 준 휴대폰으로 나라 엄마와 통화하고 사정을 이해했다. 나라는 오늘 학교에 있고 싶다고 말했다.

"이왕 왔으니 같이 있자. 내일 나라 어머니가 입학 수속하신대."

나라의 부탁을 흔쾌히 받아 준 선생님은 나라가 몽골 사람이라고 알려 주었다. 선생님은 내 옆에 의자를 하나 더 놓아 나라를 앉히고 교무실에 다녀왔다. 곧 교감 선생님이 와서 창문으로 우리 반을 살펴보았다.

나라는 수업 시간에 지루함을 못 이겨 졸기도 했지만, 쉬는 시간에는 떠들썩하게 장난치는 아이들을 바라보며 살금살금 웃기 시작했다. 같이 교실 바닥에 앉아서 공기놀이를 하고 급식을 나눠 먹었다.

이튿날, 나라 엄마가 학교를 방문했다. 나라는 6학년 학급에 들어갈 나이였다. 나라는 몽골에서 5학년까지 있는 초등학교를 이미 졸업했지만, 한국어를 모르니 초등학교에 다시 다녀도 괜찮겠다는 나라 엄마 의견에 따라 그냥 입학하기로 했다. 선생님들은 의논 끝에 나라를 5학년 3반, 우리 반에 넣어 주었다. 6학년 수업은 너무 무리라고 했다. 나라가 교실에 들어오자 우리 반 친구들이 박수 치며 좋아했다. 딱 하루 같이 놀았을 뿐인데 그새 정이 든 걸까? 나는 내가 환영받는 듯 기뻤다.

내가 입학한 뒤로 여러 외국인 학생들이 우리 학교를 찾아왔다. 미등록 아동도 차별하지 않고 교육하겠다는 한국 정부의 방침이 알려지고 외국인 학생이 늘어나면서 학교가 차츰 바뀌었다. 무엇보다 입학이 전에 비해 쉬워졌다. 아이들은 외국인 학생을 그다지 낯설어하지 않았고, 선생님들도 한국어를 모르는 학생들을 지도하기 위해 애썼다. 나중에 라주가 초등학교에 다닐 때는 외국인 학생 수가 꽤 많았다. 또 부모 중 한 사람이 외국인인 '다문화 학생'이 무척 많았다.

한국에 온 지 3년째라는 나라 엄마는 한국어를 잘했다. 나라 엄마 이름은 오뜨마라고 했다. 오뜨마 아줌마가 말하기를, 나라는 한 달 넘도록 집에 혼자 있었다고 한다. 아줌마가 모텔 청소일을 하는지라 데리고 다닐 수 없어서, 한국어 공부할 곳을 찾는 동안 나라한테 집에 있으라고 했다. 그러나 바쁜 아줌마는 공부할 곳을 찾아 주지 못했고, 따분함에 지친 나라는 절대 열지 말라고 한 창문을 열고 꽃구경을 하고 있었던 것이다.

"네 덕분에 나라가 학교에 가게 됐어. 고마워, 로지나. 한국말 모르고 학교 가면 힘들잖아. 조금 배운 뒤에 가게 하려고 했지. 그런데 아이들 한국말 가르치는 데가 어딘지 알아야 말이지. 너는 어디서 배웠니?"

"저는 진주랑 놀면서 배웠어요. 진주가 제 선생님이에요. 진주는 먼 데로 이사 가서 지금은 못 만나요. 나라도 저랑 학교 친구들이랑 같이 놀면 금방 배울걸요?"

학교에서 받아 온 교과서를 오뜨마 아줌마가 꼼꼼히 살펴보았다. 아줌마는 몽골에서 고등학교 수학 선생님이었다고 한다. 우리 엄마는 미용사였는데 공장에 다니고, 아줌마는 수학 선생님이었는데 청소를 하는구나, 그런 생각이 잠시 스쳐 지나갔다.

다음 날 아침부터 내 생활이 달라졌다. 라주를 데리고 집에서 나와 라일락 아래 창문으로 얼굴을 내밀고 있는 나라와 만났다. 우리는 같이 라주를 어린이집에 데려다주고 학교로 갔다. 친구랑 학교 가기! 진주와는 학교가 달라서 하지 못한 일을 나라와 같이 하게 되어 나는 날마다 행복했다.

진주가 이사 간 뒤로 아빠가 야간 일을 할 때면 나는 학교 마치고 갈 곳이 없었다. 집에 들어가면 내가 부스럭대는 소리에 잠자던 아빠가 깨기 때문이다. 아빠가 낮에 푹 자야 밤에 일할 때 졸지 않는다고, 졸다가 사고 나는 사람들이 너무 많다고 엄마는 귀에 딱지가 앉도록 말했다. 결국 조용히 있으라는 말인데, 소리 내지 않으려고 조심하면 할수록 소리는 더 크게 났다. 한동안 집에 들어가지 못하고 갈 곳도 없던 나는 동네를 몇 바퀴 돌고 놀이터에 앉아 시간을 보내곤 했다.

이제 나라가 있으니 아무 걱정 없었다. 나라네 집에서 놀다가 어린이집에서 라주를 찾아 집으로 가면 아빠가 깨어나 출근 준비를 하고 있었다. 골목으로 들어설 때 마살라(향신

료) 냄새가 나면 아빠가 식사를 준비하고 있다는 신호였다. 나는 아장거리는 라주와 경주하며 집으로 달려갔다.

나라는 한국어를 빠르게 익혔다. 오뜨마 아줌마는 내 덕이라고 고마워하며 가끔 용돈을 주기도 했다.

그해 여름, 우리는 큰 선물을 받았다. 한국 정부가 우리처럼 비자 없는 외국인 초등학생과 부모에게 비자를 준다고 발표한 것이다(초등학교 재학 미등록체류 학생에 대한 한시적 구제 지침. 자진 등록하는 초등학생과 부모에게 2006년 9월부터 2008년 2월까지 한시적으로 체류를 허가한 정책). 아직 출생 신고를 하지 못한 라주를 제외하고, 우리 가족은 바로 등록해서 비자를 받았다.

그런데 나라가 걱정이었다. 나라는 여권이 없었다. 오뜨마 아줌마는 몽골에 있는 브로커에게 돈을 주고 부탁해서 나라를 데려왔다고 한다. 브로커는 나라가 자기 딸인 것처럼 서류를 꾸몄다. 여권은 브로커가 갈 때 도로 가져간 탓에 나라의 존재를 입증할 기록이 전혀 없었다. 여권을 어떤 이름으로 만들었는지조차 몰랐으므로 출입국 사무소에 입국 기록을 달라고 요청할 수도 없었다. 아줌마는 몽골에 있는 나라 아빠에게 서류를 보내 달라고 해서 서둘러 여권을 만들었다.

우여곡절 끝에 우리에게 비자가 생겼다. 나는 외국인등록증을 발급받은 적이 있어서, 주민등록번호가 필요할 때 외국인등록번호를 사용하기도 했다. 비록 누가 작정하고 조사하면 유효하지 않은 번호라는 사실을 금방 들키겠지만 그런 일은 없었다. 하지만 나라는 외국인 등록을 한 적이 없으므로 아무 번호도 없었다. 그러다 여권이 생기고 외국인등록번호가 생기자 나라는 '까만 그림자가 갑자기 사람이 된 것 같은 느낌'이라고 말했다.

초등학생과 가족에게 갑자기 왜 비자를 줬는지는 나중에 알았다. 그 무렵 초등학생 아이를 둔 어떤 엄마가 단속에 걸려 아이까지 강제로 추방당할 처지에 놓였다고 한다. 그 아이를 돕던 이주민 인권단체들이 목소리를 냈다. 아이가 한국에서 나고 자라 한국어밖에 못하는데, 아무 준비도 없이 갑자기 본국으로 보냈다가는 공부를 계속할 수 없고 아이의 미래를 망칠 것이라고. 적어도 아이가 공부를 마칠 때까지 체류할 수 있게 해야 한다고. 타당한 주장인 데다 목소리가 점점 커지자 정부가 그런 결정을 내렸다고 한다. 나 역시 그렇게 갑자기 방글라데시로 돌아간다면 무척 당황스러울 것 같았다. 그 아이가 다시 한국에서 살게 되어 다행이었다.

"선생님, 나 비자 받았어요!"

자랑하러 간 나에게 유리 선생님이 그동안 어떤 일이 있었는지 알려 주었다. 대학생 때 자원봉사로 나에게 한국어를 가르쳐 주던 유리 선생님은 학교를 졸업한 뒤 그 단체에서 일하고 있었다.

"우리는 아이가 계속 한국에서 공부할 수 있게 하려고 노력했지만, 결정된 내용은 거기에 한참 못 미치지. 1년 반 시간을 줄 테니 그사이에 모국어를 배워라. 그리고 돌아가라. 겨우 그것밖에 받아 내지 못해서 우리 로지나한테 미안해."

나는 로지나야, 너는?
나라는 무작정 걸어 나와 내 손을 잡았다.

독립 기념일 행사

3월 26일은 방글라데시 독립 기념일이다. 우리 나라는 인도에서 독립할 때 파키스탄의 일부인 동파키스탄이 되었다가 후에 파키스탄과 전쟁을 치르고 독립했다.

26일은 월요일이라 모이기 어려워서 일요일인 25일에 식당에서 행사를 하기로 했다. 엄마 아빠가 가끔 방글라데시 이야기를 해 주지만 나는 잘 알지 못했다. 이런 행사에도 가봐야 방글라데시의 아들딸 아니겠느냐는 아빠 말에 나는 난데없이 의무감이 생겼다. 라주는 놀이터에서 친구들과 놀겠다고 내빼 버렸다.

독립 기념일 행사는 한국 곳곳에서 열리는데 우리 지역에서는 처음이라고 했다. 식당 한쪽 벽에 초록 바탕에 빨간 동그라미가 그려진 우리 국기가 커다랗게 걸려 있었다. 마이크가 있기에 누가 노래라도 하려나 싶었는데 계속 연설만 했다. 어려운 단어가 꽤 많았지만 무슨 뜻인지 이해할 수는 있었다.

제일 먼저 연설한 아저씨는 처음 보는 분이었는데, 우리 역사를 설명하고 우리가 힘을 모으면 방글라데시를 더 살기 좋은 나라로 만들 수 있다고 해서 큰 박수와 환호를 받았다. 아빠도 짧게 연설했다. 한국에서 우리가 고생해서 벌어 보내는 돈이 고국에 큰 보탬이 되니까 다들 힘내자는 이야기였다. 우리 집은 번 돈을 여기서 거의 다 쓰니까 보낼 것도 없을 텐데, 하는 생각이 스쳐 지나갔다.

내 마음에 남은 것은 맨 처음에 연설한 아저씨가 해 준 우리 방글라데시 역사 이야기였다. 아저씨는 유일한 어린이 참석자인 나를 바라보며 말했다.

"이 자리에 어린이가 있으니 우리 역사를 이야기해 드려야겠습니다."

나를 염두에 두고 일부러 쉬운 말을 골라 쓰는 것이 분명했다.

1947년, 인도가 영국에서 독립할 때 인도와 파키스탄으로 나뉘었다. 인도는 힌두교도, 파키스탄은 이슬람교도가 많아서 종교를 기준으로 나눈 것이었다. 파키스탄은 인도 땅을 사이에 두고 동파키스탄과 서파키스탄으로 나뉘었다. 두 지역은 비행기로도 몇 시간이나 걸릴 만큼 멀리 떨어져 있으며, 문화나 언어 따위가 서로 다르다. 동파키스탄에서는 벵골어를 쓰고 서파키스탄에서는 우르두어를 쓴다. 정치적으로 우세한 서파키스탄은 동파키스탄을 차별하고 무시했다. 서파키스탄이 동파키스탄의 농작물을 수탈하고 돈을 빼앗았다. 빼앗기고 차별당한 동파키스탄 사람들의 분노가 하늘을 찔렀다.

1950년에는 더 큰 문제가 생겼다. 언어가 달라 통치하기 어렵다는 이유로 서파키스탄은 동파키스탄에서 사용하던 벵골어를 금지하고 우르두어로 통일하려는 정책을 실시했다. 학교에서 벵골어를 못 가르치게 했고, 벵골어로 문학 작품도 못 쓰게 했다.

1952년 2월 21일, 다카대학교 학생들을 중심으로 언어 말살 정책에 반발하는 큰 시위가 벌어졌다. 이날 경찰이 시위대를 공격해 네 사람이 죽었다. 많은 사람이 들고일어나 싸우자 파키스탄 정부는 마침내 두 손을 들고 벵골어를 공식 언어로 인정했다. 그 뒤 독립운동과 독립 전쟁을 이어 간 끝에 1971년 방글라데시가 독립했다. 나중에 유네스코는 우리가 벵골어를 투쟁으로 지켜 낸 것을 기려 2월 21일을 '세계 모어의 날(International Mother Language Day)'로 정했다.

나는 아저씨의 연설을 들으며 소름이 돋았다. 학교에서 배운 한국 역사와 아주 비슷했다. 일본이 한국을 식민지로 만들자 한국 사람들이 독립운동을 했다고 들었다. 많은 사람이 죽고 다치면서도 만세 운동을 했고, 일본이 강제로 빼앗은 한국어를 지키기 위해 싸웠다고 배웠다. 방글라데시와 한국은 비슷하게 아픈 역사가 있구나!

그런데 한 가지 다른 점이 있었다. 한국 역사를 배울 때는 그저 '그랬구나' 하고 무심히 넘어갔는데, 우리 나라 역사라고 하니 숨이 멈출 듯 긴장되었다.

행사가 끝나자 아저씨가 다가와 내게 악수를 하자고 했다. 놀랍도록 부드러운 손이었다. 아저씨는 내 눈을 찬찬히 바라보며 말했다. 방글라데시 사람이라는 자부심을 지니고 역사를 잘 기억하라고. 나는 조그만 소리로 네, 라고만 대답했다. 말을 길게 했다가 내 벵골어가 서투르다는 것을 들킬까 봐 겁났다. 아저씨는 방글라데시 역사학자인데 공부하러 잠시 한국에 왔다고 아빠가 알려 주었다.

이어서 특별히 준비한 음식을 나눠 먹었다. 나는 그 아저씨와 이야기 나누는 아빠에게서 멀찍이 떨어져 앉아 밥을 먹었다. 한국어를 잘한다고 칭찬받을 때는 기분이 좋아서 자꾸 앞에 나섰는데, 방글라데시 말이 부족하니 부끄러워서 숨고 싶은 마음이 들었다. 어른스러운 척하려고 애썼지만 벌렁거리고 조마조마한 마음을 달래느라 힘들었다. 자부심이라는 말과 숨고 싶은 마음이 교차하며 지나갔다. 초등학교 6학년 때의 그 기억은 내 마음에 또 하나의 상처로 남았다.

스키니진

아빠가 '로마에서는 로마법'이라는 말을 자주 했지만, 아빠에게 이 말이 언제나 의미 있는 것은 아니었다. 주로 아빠가 필요할 때만 의미가 있었다.

엄마 아빠는 내게 대체로 관대한 편이었다. 내가 방글라데시 문화와 한국 문화 사이에서 고생한다는 것을 잘 알았고, 그래서 어지간한 일은 내가 원하는 대로 하게끔 내버려두었다. 나 역시 다섯 살까지는 방글라데시에서 살았으므로 그 문화를 전혀 모르지는 않아서 스스로 균형을 잡을 수 있었다.

그런데 스키니진은 좀 다른 문제였다. 친구들이 다 입는 스키니진을 나도 입겠다고 했다가 된통 혼난 적이 있다.

"애들은 다 입는다고요."

내 하소연에 엄마는 눈살을 찌푸리며 아빠의 동조를 구했고, 아빠는 더 엄한 목소리로 말했다.

"온 세상 사람이 다 입어도 너는 안 돼. 어떻게 그런 옷을 입고 밖엘 돌아다녀?"

아빠는 눈에 힘을 주고 나를 쏘아보는 것으로 의사 표시를 확실하게 했다.

애들이고 어른이고 할 것 없이 누구나 다 입는 옷을 나만 못 입는다니, 말도 안 되는 일이었다! 나는 이미 많은 것을 포기했다. 미니스커트나 반바지는 꿈도 꾸지 않았다. 하지만 스키니진은 다르지 않나? 살이 하나도 안 보이는데!

"엄마, 저 아줌마 좀 봐요. 스키니 입었잖아. 안 예뻐요? 엄마랑 나이도 비슷해 보이는데?"

나는 소곤소곤 엄마에게 말했다. 엄마와 장 보러 가는 길이었다. 앞에 가는 어떤 아줌마가 스키니진을 맵시 나게 입었는데, 내 눈에는 멋지고 예뻐 보였다.

"아니, 하나도 안 예뻐. 저 엉덩이 좀 봐라, 로지나. 요즘 길에서 여자들 엉덩이밖에 안 보여. 내가 눈을 어디에 둬야 할지 모르겠다고!"

엄마 목소리는 놀랄 만큼 컸고 불만으로 가득했다. 나는 누가 들었을까 봐 고개를 움츠리고 주위를 살피다 곧 안도했다. 다행히 엄마는 벵골어로 말하고 있었다. 엄마는 여느 때처럼 샬와르까미즈 차림이었다. 엄마에게 스키니진은 도저히 용납할 수 없는 옷이었다. 나는 도무지 이해할 수 없었다. 다른 방글라데시 이모들은 청바지도 입고 몸에 달라붙는 티셔츠도 입는데 말이다. 아빠가 간섭하기 때문일까 싶기도 했는데, 아무리 봐도 엄마가 더 엄격했다. 엄마 때문에 나까지 촌티를 벗지 못한다.

나는 나라가 가진 스키니진을 빌려 입어 보는 것으로 만족해야 했다. 나라는 말라깽이인 나와 달리 꽤 덩치가 있어서, 내가 입었더니 스키니라는 이름이 무색할 만큼 헐렁했다. 그래도 어쩔 수 없었다. 나는 나라의 스키니진을 입고 거울 앞에서 걸그룹의 춤 동작을 몇 번 흉내 내고 다시 벗기를 반복했다.

다른 문화 속에 산다는 것은 당혹스러운 일이기도 했다. 어느 날 삼촌들까지 와서 같이 식사하는데 별안간 라주가 말했다.

"더러워!"

다들 놀라서 밥 먹던 손을 멈칫했다.

"손으로 먹지 마. 더러워."

한국인에게 자주 듣던 말이었으므로 우리는 그게 무슨 뜻인지 다 알아들었다. 엄마는 라주와 내가 혹시라도 밖에서 손으로 먹다가 눈총을 받을까 봐 일부러 숟가락과 포크를 사용하게 했다. 그러나 어른들은 달랐다. 집에서까지 한국 사람을 신경 쓸 필요 없잖아, 언젠가 아빠가 말했다. 아빠는 젓가락질을 아주 잘했지만 집에서는 손으로 밥을 먹었다.

"라주, 손으로 먹는 거 더러운 거 아니야."

아빠가 타이르듯 말했다.

"아니야, 더러워. 선생님이 더럽댔어."

라주는 굽히지 않았다. 다들 난감했다. 어린 라주에게 문화의 차이를 설명하기는 쉽지 않았다. 게다가 한국어로 말이다. 내가 나름대로 지혜를 짜내어 말했지만 별로 신통치는 않았다.

"깨끗이 씻으면 손이 제일 깨끗한 거야. 너도 빵 먹을 때는 손으로 들고 먹잖아?"

라주가 고개를 끄덕였지만, 알아들은 건지 그저 시늉만 한 건지는 알 수 없었다.

귀환

알롬 삼촌이 방글라데시로 갔다. 아들이 열두 살 되면 돌아가겠다고 한 약속을 지키고 싶다고 했다. 라주는 자기가 형아 선물을 고르겠다며 졸졸 따라가서 탑블레이드 팽이를 골라 주었다. 물론 자기도 똑같은 것으로 하나 얻어 왔다.

라주가 새 팽이를 돌리느라 소란 피우는 사이, 삼촌은 한국에서 지내는 동안 우리 가족 덕분에 외롭지 않았다고 정겨운 인사를 했다. 알롬 삼촌과 오랫동안 같은 공간에서 형제처럼 지낸 이크발 삼촌은 혼자서 방을 쓰게 되어 엄청 좋다고 익살스럽게 말했다. 그 말이 진심이 아니라는 것쯤은 모두가 알았다.

환송 파티로 다 함께 설렁탕을 먹으러 갔다. 설렁탕은 알롬 삼촌이 가장 좋아하는 한국 음식이었다.

"삼촌은 한국에서 몇 년 살았어요?"

깍두기를 집다 말고 나는 갑자기 궁금해졌다.

"몇 년? 네 아빠랑 같이 왔는데, 그게 96년이니까……."

알롬 삼촌은 일, 이, 삼…… 손가락을 꼽아 가며 계산했다.

“12, 12년이네!”

“12년? 우아!”

감탄하는 나를 보며 씩 웃던 삼촌이 갑자기 착잡한 표정을 지었다.

“살기는 뭘 살아. 우리는 한국에서 산 거 아니야. 그냥 일만 했지.”

맞아, 하며 이크발 삼촌이 끼어들었다.

“일하고 먹고 자고, 일하고 먹고 자고. 그것만 반복하다 보니 12년이 흘러간 거야. 이건 사는 게 아니지.”

“그럼 어떤 게 사는 거야?”

라주가 불쑥 질문했다.

대답은 듣지도 않고 다시 설렁탕 그릇에 얼굴을 박은 라주가 귀엽다는 듯 웃으며 이크발 삼촌이 천천히 대답했다.

“어떤 거? 행복하게 살아야 사는 거지. 부모님도 만나고, 전화 결혼 말고 진짜로 결혼하고, 아기도 낳고…….”

“그럼 우리는 사는 거 맞는데? 엄마랑 아빠도 있고 나 같은 아기도 낳고.”

그럴듯한 라주의 대꾸에 다들 웃음을 터뜨렸다. 알롬 삼촌이 사랑이 담긴 눈으로 라주를 바라보며 정리했다.

“맞네! 라주는 사는 거고, 우리는 일만 한 거고.”

어른들의 말이 무슨 뜻인지 나는 어렴풋이 이해했다. 이주노동자의 삶은, 사람이 살면서 마땅히 접하고 치러야 할 많은 일을 유보한 채 오로지 노동하고 돈을 버는 데만 집중되어 있다. 그러니 한국에서 지낸 시간은 사는 게 아니라 그냥 일만 한 거였다.

삼촌들 말에 마음이 무거워졌다. 그렇지만 아빠는 우리가 와서 같이 지냈으니 산 게 맞겠지? 굳이 아빠에게 묻지는 않았다. 만약 아빠가 그렇지 않다고 한다면 나는 몹시 슬플 것 같았다. 알롬 삼촌이 돌아가서 진짜로 '살았으면' 좋겠다. 아들이 탑블레이드 팽이와 닌텐도 게임기보다 삼촌을 더 좋아하면 좋겠다.

알롬 삼촌이 떠나 마음이 허전한데 반가운 일이 생겼다. 사촌 오빠가 한국으로 일하러 온 것이다.

2003년에 만들어진 'EPS-고용허가제'라는 제도가 있다. 이 제도 때문에 한국에 온 지 얼마 안 된 엄마와 나는 비자를 받았지만, 한국에서 이미 오래 지낸 아빠와 삼촌들은 비자를 받지 못해서 단속을 피해 몇 달간 방에 숨어 지냈던 기억이 있다. 이 제도는 한국이 다른 나라와 계약해서 그 나라 노동자를 데려오는 것인데, 본래 계약 대상이 아니었던 방글라데시가 이번에 추가 계약 대상에 포함되었다. 그 덕분에 꽉 막혔던 비자가 다시 뚫려 방글라데시 사람들이 일하러 오게 됐다고 아빠가 알려 줬다.

사촌 오빠는 우리 집에 들를 겨를조차 없이 경상남도 어딘가에 배치받아 일하다 넉 달도 더 지나서야 우리 집에 찾아왔다. 할머니가 보낸 마살라와 옷도 뒤늦게 주인을 찾아왔다. 오랫동안 가방 속에 박혀 있었는지 옷이 쭈글쭈글했다.

"와, 예쁘다! 근데 옷이 작아요, 엄마."

"우리 로지나가 이렇게 큰 줄을 할머니가 모르셨나 보네. 라주 옷은 좀 크다, 얘."

할머니는 내가 얼마나 컸는지도 모르고 옷을 골랐나 보다.

한국어를 하나도 모를 거라는 예상과 달리 오빠는 한국어를 좀 했는데, 알고 보니 고용허가제로 오려면 한국어 시험을 봐서 합격해야 한다고 했다. 오빠는 성적이 뛰어나 제일 먼저 계약했다고 자랑했다. 아빠는 앞으로 방글라데시 사람들이 한국에 많이 들어오겠다고 좋아했다.

"우리 나라 사람 많이 들어오면 좋지. 우리도 외롭지 않고 나라에는 달러가 많이 들어가니까."

오빠는 일이 너무 고되어 밤마다 끙끙 앓는다고 했다. 같이 온 사람들도 하나같이 체력이 달린다고 했다.

"한국은 선진국이어서 공장 일을 전부 컴퓨터와 기계로

하는 줄 알았어요. 우리 회사는 일이 너무 힘들어요. 자동차 부품을 만드는데, 도금하느라 화학 약품도 쓰고요. 노동자 뽑을 때 한국어가 아니라 일을 얼마나 잘하는지 시험 봐야 되는 거 아니냐고, 우리끼리 얘기해요. 하긴 그랬으면 저는 못 왔을지도 모르지만."

"그렇지, 여기 일이 다 힘들어. 나도 '산업기술연수생'이라고 해서 기술을 배울 수 있으려나 기대하고 왔더니, 기술은 안 가르쳐 주고 죽도록 힘든 일만 시키더라고. 그건 그렇고, EPS 노동자는 회사 못 옮기는 거 알지?"

"그렇다고는 들었는데, 도대체 왜 옮기지 못하는 거죠?"

"다들 힘들다고 그만둬 버리면 그 회사는 노동자 구하기가 힘들지 않겠어? EPS는 회사에 노동자를 공급하려고 만든 제도라서 무조건 회사 편이야. 그래서 노동자가 얼마나 힘든지, 그런 건 신경도 안 써. 이 종이컵 봐라. 물 한 번 먹자고 쓰는 종이컵을 귀하게 여기는 사람은 없지? 한국은 우리 같은 외국인을 종이컵처럼 생각하는 거야. 실컷 부려 먹고 구겨서 버리면 된다고 생각하는 거지. 싫으면 가라, 새로 데려올 사람이 얼마든지 있다. 그러니까 우리한테 권리 같은 걸 안 주는 거야."

"아……, 종이컵이요……?"

종이컵이라는 비유에 오빠는 충격을 받은 듯했다.

"회사 그만두려면 사장님한테 사인 받아야 한다더라. 그런데 어떤 사장님이 '그래, 너를 놓아줄 테니 좋은 회사 가서 일해라.' 하고 사인해 주겠어? 옛날에도 똑같았어. 나 때는 지금보다 더했어. 힘들다고 회사 바꿔 달라고 하면 몽둥이찜질은 기본이었지. 연수생이 도망갈까 봐 한국 사람들 퇴근할 때 공장 문 잠그고 여권도 빼앗고. 그런다고 도망 못 가나? 요만한 창문으로도 다 도망갔어. 우리도 사람인데 그런 말도 안 되는 대우를 참고 견딜 수만은 없지. 나도 그 회사에 여권 놔두고 나왔잖아, 하하."

"몽둥이로 때리고 여권을 뺏어요?"

"그랬다니까. 네 여권은 잘 갖고 있지?

"네, 여권이랑 외국인등록증은 항상 갖고 다녀요."

"그래, 잃어버리지 않게 잘 챙겨라. 그나저나 넌 뭐가 제일 힘드니?"

"다 힘들지요, 뭐. 그래도 어떻게든 3년 잘 버텨 봐야죠."

"정 힘들면 어쩔 수 없겠지만, 어지간한 일은 꾹 참아야 해. 이 근처에도 EPS로 왔다가 불법 된 사람들 많아. 다 회사 옮기려다가 잘 안 돼서 그렇게 된 거야."

아빠는 제약이 크면 클수록 '불법체류자'도 늘어난다면서, 새로 만든 EPS 제도가 회사를 옮기지 못하게 하는 것은 큰 잘못이라고 했다.

"달라진 점도 있어. 내가 올 때만 해도 연수생으로 오려는 사람은 많은데 인원은 한정돼서 브로커에게 뒷돈을 많이 줬지. 그런데 이 브로커들이 다 썩어 가지고 돈을 많이 준 순서대로 보내는 거야. 나도 5000달러나 줬다니까. 다 빌려서 마련한 돈이지. 첫 월급으로 39만 원인가 받았는데, 그 월급 받아서 5000달러 갚으려면, 다른 데는 한 푼 안 쓰고도 1년이 더 걸리는 거지. 나는 월급 못 받고 중간에 쉬고 해서 3년 넘게 걸렸어. 진짜 나쁜 놈들이야. EPS에는 그런 게 없어졌다던데, 너는 얼마 들었냐?"

"한국어 배우고 비행기 표까지 합쳐서 2000달러 좀 넘었어요."

"월급은 얼마 받아?"

"세 번 받아 봤는데, 야근 수당까지 90만 원이 좀 넘었어요. 100만 원까지는 안 되고요."

"그럼 넉넉하게 석 달 일하면 되겠구나. 그래도 2000달러는 너무 비싸다. 한국어도 여기 와서 배우는 게 더 나은데, 꼭 거기서 돈 들여 배우게 하고 말이야. 너는 강제로 은행에 보관하는 건 없지?"

"첫 월급에서 50만 원인가 빼 가던데요. 나중에 일 끝나고 귀국할 때 타고 갈 비행기표 값이래요. 상해보험료도 2만 원인가 그랬어요. 건강보험료도 엄청 떼던데요? 저같이 젊은 사람은 병원 갈 일도 별로 없을 텐데 엄청 많이 떼 가요."

"건강보험료도 너무 비싸지. 그래도 혹시 모르니까 건강보험은 꼭 있어야 해. 우리는 보험 없어서 돈 걱정에 아파도 병원에 못 가거든. 지금은 강제 저축은 없지?"

"강제 저축이요? 그게 뭐예요?"

"나 때는 강제 저축도 있었거든. 월급 받았는데 15만 원이 부족하더라고. 월급 39만 원에서 15만 원이 빠졌으니, 그게 얼마나 큰돈이야. 첫 달에는 우리끼리 이게 왜 이러냐고 투덜댔지 회사에는 물어보지도 못했어. 그런데 그다음 달에도 또 그런 거야! 손짓 발짓 물어보니까 회사가 은행에 적금을 들었대. 내 돈인데 자기들 맘대로 무슨 적금을 들어? 정부에서 그러라고 했다나 뭐라나. 연수생이 다른 데로 도망가지 못하게 잡아 두려는 담보인 거야. 내가 도망 나올 때 그 200만 원을 고스란히 포기했다니까!"

"그 큰돈을요?"

"그럼 어떡하겠니. 그거 받으러 가면 분명히 신고해서 잡아갈 텐데. 그뿐이 아니야. 월급도 석 달인가 못 받았으니까 다 합치면 350만 원도 넘지. 그게 얼마나 큰돈이냐! 그래도 그때는 불법 사람이 많고 단속이 심하지 않았으니까 도망칠 수 있었지만, 지금은 어림도 없다. 요즘은 단속을 더 무섭게 하거든. 단속 때문에 도망가다 죽은 사람도 많아. 그러니까 너는 불법 사람 안 되게 조심해라. 알겠니?"

나는 어른들의 대화를 조용히 듣고 있었다. 아빠는 오빠를 만나 이야기 나누며 옛 기억이 되살아나는 듯했다. 엄마와 나에게는 하지 않은 이야기도 많았다. 아빠가 힘든 일을 많이 겪었구나 싶어 마음이 찌르르 아팠다.

하지만 '도망'이라는 단어는 들을 때마다 귀에 거슬렸다. 나는 이 표현에 대해 꼭 하고 싶은 말이 있다.

나는 엄마 아빠에게 자주 한국어 선생 노릇을 했다. 잘못 말하면 그때그때 고쳐 주려고 노력했다. 그런데 절대 고쳐지지 않는 게 이 '도망'이라는 말이었다.

아빠가 첫 회사에서 나올 때는 몰래 나온 거니까 '도망'이라는 표현이 맞을지 모른다. 그러나 회사를 그만두는 일은 보통 '사직'이라고 하지 않나? 드라마에서도 사람들이 '사직서'를 제출하는 장면이 많이 나오던데. 아무튼 이 말은 좀 어려우니 "회사를 그만뒀다."고 말하라고 해도 도대체 고쳐지질 않았다. 아빠가 회사를 그만둔 한국인 동료 이야기를 하면서 "그 사람 도망갔어."라고 말할 때면 한숨이 절로 나왔다.

아빠가 우리를 가리켜 자꾸 '불법 사람'이라고 하는 것도 들어 주기 힘들었다. 엄마도 이 말을 배워서 자주 썼는데,

나는 들을 때마다 가슴이 답답해졌다.

"아빠, 세상에 불법 사람이 어디 있어요? 내가 태어나면 합법 사람입니까 불법 사람입니까, 물어보고 태어나는 사람이 어디 있냐고요."

내가 볼멘소리를 하면 아빠는 그랬다.

"불법체류자라는 말이지. 왜, 그 말이 틀린 말이냐?"

"맞는지 틀리는지는 모르지만, 듣기에는 별로 안 좋아요. 그리고 '불법체류자'랑 '불법 사람'은 또 다르잖아요. 세상에 자기 자신한테 불법 사람, 불법 사람 하는 사람이 어디 있어요!"

나 또한 자세히 알지 못하니까 무어라 설명하기 힘들었지만, 나는 우리에게 붙여진 '불법'이라는 딱지가 너무 무서웠다. 마치 내가 세상에 존재해서는 안 되는 사람, 밟히고 무시당해도 되는 사람으로 취급받는 느낌이었다.

이런 생각을 하고 있을 때 밖에서 라주 목소리가 들렸다. 라주를 불러 오빠에게 인사시키려고 일어서는데, 아뿔싸!

"야, 이 씨발놈이 왜 깝쳐?"

분명히 라주였다. 연이어 라주 목소리가 들려왔다.

"모래 왜 뿌리냐고, 이 개새끼야!"

"네가 먼저 침 뱉었잖아, 씹쌔야아!"

저건 영진이 목소리.

"씨발놈아, 내가 언제? 내가 언제?"

이 녀석들이 골목길에서 고래고래 소리 지르며 욕 배틀을 시작했다.

나는 문을 벌컥 열고 밖으로 나갔다.

"야, 너희들 이리 와. 요것들이 어디서 욕을 해?"

꼬맹이들은 잠시 주춤하더니 이내 또 투닥거렸다. 서로 흙을 던지며 싸웠는지 흙먼지 묻은 얼굴에 땀이 얼룩졌다. 내가 눈을 무섭게 부라리자 더는 욕을 하지 않았지만 억울해하고 화나는 목소리는 여전했다. 고개를 숙인 채 눈을 치뜨고 내 눈치를 살피는 그 모습이 귀여워 나는 웃음이 났다. 이렇게 아기 같은데 그 입에서 욕이라니!

끼이익, 위층 현관문 열리는 소리와 함께 아줌마가 내려왔다.

"아따, 이놈들 욕을 아주 차지게 잘하네. 라주 너 어디서 그렇게 욕을 배웠다냐?"

웃음 섞인 말이었지만 나는 쥐구멍을 찾고 싶었다. 동네 사람이 다 들었을지도 모른다. 서둘러 흙투성이 라주를 끌고 들어오며 나는 꿀밤을 한 대 먹였다. 억울한지 아픈지 입이 삐죽 튀어나온 라주를 오빠가 반가워하며 끌어안았다.

"한국 욕이 궁금하면 라주한테 물어보세요. 엄청 잘하네요."

라주는 어깨를 으쓱하고는 오빠 곁에 찰싹 붙어 앉아 알랑거렸다. 오빠는 라주에게 벵골어로 말했고, 잘 알아듣지 못하는 라주는 제멋대로 한국어로 대답했다. 나는 라주에게 벵골어를 가르치지 못한 것이 좀 부끄러웠다. 나도 제대로 못하는 주제에 라주만 부끄러웠다.

엄마는 음식을 맛있게 먹는 오빠를 보며 기숙사에 주방이 있는지 물었다. 아빠는 이때다 싶었는지 예의 그 '달걀후라이' 사건을 또 이야기했다. "우리는 그 정도까지는 아니에요." 하면서 오빠가 낄낄거렸다. 엄마는 괜찮다는 오빠를 타일러 가며 음식을 잔뜩 싸 보냈다.

두어 달이 지난 어느 날, 오랜만에 전화한 오빠가 대뜸 물었다.

"로지나, 문디자슥이 뭐냐? 이거 욕 맞지?"

누구한테 문디자슥 소리를 들었는지 분해서 씩씩대는 오빠에게 나는 깔깔거리며 그 의미를 알려 주었다.

저렇게 어리바리해서 일은 어떻게 하나, 나한테까지 걱정을 사던 오빠는 그 뒤로 거의 10년을 내리 그 회사에서 일했다. 첫해에는 도금에 쓰는 약품이 너무 걱정된다고 회사를 옮기고 싶어 했는데, 먼저 나간 사람들이 새 직장을 찾지 못

해 비자가 죽고 결국 미등록 체류자가 되는 것을 본 뒤로 묵묵히 계속 일했다.

처음에는 3년, 그다음에는 회사에서 계약을 연장하자고 해서 1년 10개월 연장, 그 계약이 끝난 뒤에는 '성실근로자제도'라는 새로운 제도가 생겨서 다시 4년 10개월을 연장했다. '성실근로자제도'는 EPS-고용허가제로 일하는 노동자 중에 회사를 옮기지 않고 계속 같은 곳에서 일한 사람에게 재계약 혜택을 주는 제도였다.

성실근로자, 이 웃기는 이름을 나는 여러 번 입속에서 되뇌었다. 아무리 부당하고 환경이 나빠도 죽어라 견뎌서 얻은 이름, 성실근로자. 역시 그렇지. 우리는 한국에 그저 '노동력'일 뿐 그 이상도 이하도 아닌 것이다. 오빠는 이 제도를 이용해 방글라데시로 돌아갔다가 석 달 후에 다시 들어와 4년 10개월을 더 일했다.

방글라데시에서 석 달 지내는 동안 오빠는 사귀던 여자친구와 결혼했고, 1년 후에는 아기가 태어났다. 도금 일을 오래 해서 아기가 안 생기면 어쩌나 걱정하던 오빠는 새언니의 임신 소식에 펄쩍 뛰며 기뻐했다. 아기가 태어난 뒤로 오빠는 해마다 한 번씩은 꼭 방글라데시에 가서 가족을 만났다. 새언니와 한 약속이라고 했다.

오빠는 한국에 막 왔을 무렵에는 휴가가 긴 설이나 추석을 우리 집에서 지내곤 하더니, 한국어가 좀 늘자 강원도며 제주도로 여행을 다녔다. 나는 무엇보다 제주도에 다녀왔다는 말에 부러워 죽을 것 같았다. 신분증이 필요한 제주도 여행은 이미 비자가 끝나 버린 내게는 그림의 떡이었다. 만약 비자가 다시 생긴다면 나는 제일 먼저 제주도에 가 볼 작정이었다. 오빠도 계약 기간이 끝나면 귀국하기 전에 새언니와 조카를 초청해서 가족끼리 제주도 여행을 하고 싶다고 했다. 하지만 새언니와 조카가 한국 비자를 못 받아서 그 소원은 이루지 못했다. EPS-고용허가제 노동자에게는 가족 초청을 원칙적으로 불허한다나 뭐라나!

나라

우리가 받은 비자는 내가 초등학교를 졸업할 무렵에 기한이 끝났다. 더 이상 연장한다는 소식은 없었다. 아쉽지만 그래도 괜찮아, 전에도 비자 없이 잘 살았잖아. 우리는 스스로를 위로했다.

나라와 나는 중학생이 되었다. 우리는 같은 중학교에 들어갔다. 배정받은 학교에는 우리가 졸업한 초등학교 출신이 매우 적었다. 다른 학교에서 온 아이들은 외국인을 자주 보지 못했는지 나라와 나를 신기해했다. 나는 피부색과 외모가 워낙 달라 외국인인 줄 바로 알아봤지만, 나라는 겉으로 드러나지 않아서 입을 다물고 있으면 아무도 알아차리지 못했다. 나라는 놀라울 만큼 한국어를 금세 배우고 발음이 정확해서, 길게 말하지 않으면 외국인이라는 사실을 아이들이 눈치채지 못했다.

아이들은 자기들끼리 소곤거렸다.

"김나라, 걔 좀 외국인 같지 않냐? 이름도 그렇고."

"외국인? 나라가 무슨 외국 이름이야. 연예인 장나라도 있잖아."

"아, 맞다. 그럼 지방에서 왔나? 걔 말투에 사투리가 약간 섞인 것 같지 않아?"

"말을 별로 안 해 봐서 잘 모르겠는데?"

"1반 지나는 외국인인데 완전 한국 애처럼 말하잖아. 그런데 김나라는 외모는 틀림없이 한국 앤데 뭔가 이상해. 아무래도 외국인 같아."

학교에서 나는 '지나'라고 불렸다. 초등학교 때 친구들이 '로지나'를 '노지나'로 알아듣고 '지나'라고 부른 것이 시작이었다. 나도 '지나'가 좋았다. 내 성은 저절로 '노' 씨가 되었다.

나라와 나는 아이들이 궁금해하는 것을 알면서도 밝히지 않고 둘이서만 낄낄거렸다. 언제쯤 말할까, 게임이라도 하는 듯이 재미있었다.

그러던 어느 날, 우리 반 민이가 궁금해 죽을 것 같은 얼굴로 내게 물었다.

"너 2반 김나라랑 친하지? 걔 외국인이니?"

"글쎄? 외국인 같아?"

"그런 것 같기도 하고 아닌 것 같기도 하고. 그래서 물어보는 거잖아. 외국인 맞지? 아님 반반인가?"

"반반?"

"한국인 반, 외국인 반 말야."

"야아, 반반치킨도 아니고 그게 뭐야?"

"그러니까 걔가 외국인이냐고오!"

민이가 더 성질부리기 전에 알려 줘야겠다. 나는 민이를 데리고 2반 교실로 가서 나라 책상 앞에 딱 붙어 섰다.

"나라야, 민이가 너 외국인인지 궁금하대."

씩 웃는 나를 보고는 나라가 천연덕스럽게 대답했다.

"나? 나는 칭기즈 칸의 후예인데!"

"헐! 그럼 너 몽고야?"

"몽고 아니고 몽골!"

"몽골? 근데 몽골에도 김씨가 있어?"

"아니, 김씨는 그냥 내가 붙인 거야. 진짜 이름은 몽흐바트 나라야."

"몽흐 뭐? 아, 어렵다. 근데 성을 그냥 붙여? 네 맘대로? 진짜? 와하하."

몽골? 몽골이래! 김나라가 몽골 사람이래! 어쩐지! 아이들이 저마다 한마디씩 했다. 나라는 히죽 웃었다. 아이들이 자신에 대해 궁금해하는 것을 재미있어했고, 몽골 사람이라고 밝혔을 때 거부감 없이 받아들인 것에 흡족해했다. 중학교 생활이 그럭저럭 순조롭게 흘러갔다.

나라와 나는 수업 시간만 빼고 내내 붙어 다녔다. 한국 아이들은 학교를 마치면 학원을 두어 군데나 다닌다는데, 우리는 다닐 학원이 없어서 시간이 많았다. 그리고 둘 다 공부에는 그다지 흥미가 없었다. 스스로 한국말을 잘하게 된 것만 해도 훌륭하다고 생각했다.

그렇지만 한국말을 잘해도 국어는 어려웠다. 한자와 시조를 배울 때는 아주 죽을 맛이었다. 수학도 어렵지만 한국 아이들 중에도 '수포자'가 많아서 별로 문제라고 느끼지 않았다. 나라는 특이하게 한국사 시간을 싫어했다. 몽골이 고려를 침략한 이야기가 나오면 온몸이 따끔거린다고 했다.

"애들이 뒤에서 레이저총을 쏘나 봐."

아닌 게 아니라, 여드름이 많이 난 진학이는 삼별초에 대해 배운 날, 나라의 등을 볼펜으로 콕콕 찌르며 말했다.

"이 몽고 놈아, 물러가라."

그날부터 진학이는 나라에게 죽도록 쫓겨 다녔다.

나라와 나는 시시콜콜 수다를 떨었다. 나라는 몽골 이야기도 곧잘 했다. 외가에 가면 자기 말이 있다는 둥, 나담 축제 활쏘기 대회에서 우승한 남자애랑 잠깐 사귄 적이 있다는 둥, 그저 그런 귀여운 자랑이었다. 자랑의 정점은 몽골에서 자기가 공부를 아주 잘했다는 거였다. 한국 와서 망한 거라고. 참 나, 그 말을 믿으라고? 흥흥 웃는 내가 못마땅한지 나라가 입을 삐죽였다. 하지만 그 말을 믿기 어려울 만큼 우리 성적은 바닥이었다.

“엄마가 억지로 공부시키고 그랬어. 알잖아, 우리 엄마 수학 선생님이었던 거.”

“아이고, 엄마 말 좀 잘 듣지. 그럼 지금도 공부 잘할 텐데!”

“그때는 몰랐지. 엄마랑 갑자기 헤어질 줄.”

“부모님이 이혼하셨어?”

“헤어지기만 하고 이혼은 아직 안 한 거 같아. 헤어지면서 아빠는 오빠를 맡기로 하고, 엄마는 나를 맡았대. 그런데 엄마가 한국에 올 때 나를 데려오지 못하니까 다시 아빠한테 보내서 3년을 아빠랑 같이 살았어. 엄마가 없으니까 공부시키는 사람도 없고, 아주 좋던데.”

나라 아빠는 뭔가 사업을 크게 하려다 망했다고 한다. 아빠가 외삼촌들까지 끌어들였는데 결국 다 같이 망해서, 엄마는 친정 식구들에게 거의 의절당하다시피 했다. 사죄하려고 몇 번이고 찾아간 엄마를 문전 박대했다고 한다.

나라 엄마는 더러워서라도 다 갚아 준다며 이를 악물었지만, 교사 월급으로는 빚을 갚기는커녕 간신히 먹고사는 게 고작이었다. 결국 엄마는 브로커에게 선을 대서 혼자 한국으로 왔다. 엄마는 죽을힘을 다해서 일했다.

고생하는 부모님 밑에서 늘 아끼며 살아야 하는 우리는 꼭 갖고 싶은 물건이 생겨도 어른들에게 말하지 못했다. 무조건 참아야 했다.

그 무렵 우리는 학교 친구들이 거의 다 메고 다니는 백팩을 사는 게 소원이었다. 구경이라도 해 보자고 둘이 손잡고 매장에 갔다가 비싼 값에 기가 질렸다. 나라는 밝은 파란색, 나는 남색으로 골라서 한참을 만지작거리다 나왔다. 초라한 우리 모습에 눈물이 날 것 같았다. 하나만 사서 일주일씩 번갈아 멜까, 하는 신통한 아이디어를 떠올리고 잠시 기뻐하기도 했다. 백팩 때문에 시름 깊은 나날이었다.

하루는 쉬는 시간에 책상에 늘어져 아이들 수다를 듣고 있는데, 지은이가 자기 백팩을 자랑했다. 거의 새거나 다름없는 중고품인데, 인터넷에서 본래 가격의 반값에 샀다고 했다. 게슴츠레 눈을 뜨고 바라보니, 내가 사고 싶은 바로 그 백팩이었다!

"찌은 찌은! 나도 알려 줘! 그게 어디야?"

나는 갑자기 힘이 솟구쳐서 벌떡 일어나며 외쳤다.

지은이한테 자세한 이야기를 듣고 나라와 나는 피시방에 가서 검색해 봤다. 정말 중고 물건이 많이 올라와 있었다.

은행 계좌로 돈을 주고받는 개인 거래도 있고, 카드로 결제하는 중고품 상점도 있었다. 중고라지만 거의 새것처럼 보이는 물건에 우리는 환호했다. 왜 이걸 몰랐을까! 당장 사자! 롸잇 나우!

그러나 그게 끝이었다. 아무리 싸고 좋아도 우리는 살 수 없었다. 신용 카드로 물건을 사 줄 어른도 없고, 돈을 보낼 은행 계좌도 우리에겐 없었다. 누구한테 부탁하지? 선생님? 한국 친구들? 피시방 사장님? 휴대폰 가게 언니? 다 꼽아 봤지만 부질없는 일이었다. 우리를 도와줄 사람은 아무도 없었다.

이크발 삼촌

집에 바퀴벌레가 부쩍 늘었다. 바퀴벌레와는 일찍이 안면을 텄지만 이상하게 갑자기 왕창 늘어나니 큰 골칫거리였다. 바퀴벌레 약을 아무리 붙여도 소용없고, 시장에서 특효약이라고 파는 약을 사다 발라도 소용없었다. 집 안 어디에나 발발 돌아다녔고 냉장고 문의 고무 패킹에는 깨알 같은 새끼들이 잔뜩 끼어 있었다. 슬리퍼를 손에 쥐고 앉아 잡고 또 잡아도 줄어들 기미가 보이지 않았다. 주방 싱크대 앞에 깔아 놓은 매트 아래에도 진을 쳤고, 설거지해서 건조대에 올려놓은 식기들 사이도 헤집고 다녔다. 아침에 이불을 털면 납작하게 죽은 것들이 우수수 떨어졌다. 구역질이 날 정도였다.

3층에 사는 집주인 할머니는 우리 집이 청소를 안 해 그렇다고 했다.

"청소를 안 하기는요, 할머니. 우리 집 청소 매일 해요."

"그럼 우리 집에는 없는데 왜 너희 집에만 많다니?"

"아니요, 우리 집만 많은 게 아니고요, 옆집 필리핀 언니네도 많아요."

"그럼 그 집이 청소를 안 하나?"

"그게 아니고요, 할머니. 방역을 한 번 하면 없어진대요. 얼마 전에 옆 건물이 방역을 했잖아요. 그래서 그 집 바퀴들이 다 우리 건물로 이사 왔나 봐요. 그 건물 전체 방역하는데 20만 원 들었대요. 우리도 방역 한 번 해요, 할머니."

"20만 원이 어딨냐. 네가 낼래?"

"할머니도 내고, 집마다 얼마씩 내라고 하면 되잖아요."

"돈 없다. 너나 해라. 나 원 참, 어린애가 암팡스럽기는."

할머니 집에 올라가 보면 우리 집만큼은 아니지만 바퀴벌레가 꽤 있었다. 아무래도 우리 집이 반지하여서 습하니까 바퀴벌레가 제일 많은 거겠지. 옆집 사는 필리핀 언니들도 짜증스러워했다. 하지만 다섯 집이 4만 원씩 내서 같이 방역을 하자니까 다들 시큰둥했다. 바퀴벌레에서 벗어나려면 이 동네를 떠나는 수밖에 없는 것 같았다.

내가 바퀴벌레와 씨름하며 한가한 소리나 하는 동안 이크발 삼촌네 회사에서는 생난리가 나고 있었다. 그 회사에는 외국인이 많았다. 3, 40명쯤 되려나? 그중에 비자 없는 사람이 절반을 넘었다. 이크발 삼촌은 그걸 다행이라고 말하곤 했다. 많으니까 더 안전해. 누가 불법인 줄도 모르잖아. 하지만 그렇지 않았다.

그날 그 시각, 삼촌네 회사로 출입국 단속반이 쳐들어왔다. 갑자기 출입문이 꽝 닫히고, 싹 다 잡아, 하는 명령이 들렸다. 검은 조끼를 입은 사람들이 달려와서 일하던 직원들을 잡아채고 외국인이면 무조건 수갑을 채웠다. 한국인 직원들은 외국인 노동자를 한 명이라도 숨겨 보려 했지만 너무 갑작스레 당한 일이라 숨길 데를 찾지 못했다. 기계 밑에 숨은 사람은 끌려 나오고 창문으로 달아나려던 사람은 허리춤이 채였다.

이크발 삼촌은 입구에서 가장 가까운 기계를 맡고 있던 터라 달아날 새도 없이 제일 먼저 붙잡혔다. 삼촌은 수갑을 차고 봉고차에 태워졌다. 차창에는 단단한 쇠창살이 붙어 있었다.

"이크발 눈에 눈물이 그렁하더라. 불쌍한데 꺼낼 방법이 있어야지."

눈물을 뚝뚝 흘리는 나를 붙잡고 김 주임님이 말했다. 단속 차는 이미 떠난 지 오래였다. 온몸을 떨며 기다시피 걸어온 엄마는 건물 안으로 들어오지도 못하고 회사 입구에 놓인 의자에 앉아 있었다. 단속반이 어디 숨어 있지는 않을까 두려운 마음으로 건물과 골목길을 샅샅이 훑어보던 나는, 곧 그러고 있는 나 자신이 민망하고 역겨워졌다. 나만 살겠다고 삼촌을 배신한 듯한 느낌이 들었다.

"순식간에 들이닥쳤어. 숨기고 뭐 하고 할 시간이 어디 있나. 그냥 막 잡아채는 거야. 글마들 무섭데! 비자 있는 애들까지 다 잡았다가 나중에 신분증 확인하고 풀어 주는 거야. 여기저기서 소리 지르고 도망가고 잡히고, 쌩난리도 아니었지 뭐. 하도 거칠게 굴어서 한마디 했더니 글마들이 뭐래는지 아나. 벌레 같은 놈들이라 이렇게 해야 한다더라. 벌레 같은 놈들이라니! 허, 참!"

주임님은 착잡한 마음을 숨기지 못했다. 눈가가 붉어졌다. 나는 '벌레 같은 놈들'이라는 말에 가슴이 쿵 내려앉았다. 벌레, 벌레, 벌레……. 오늘도 숱하게 때려잡은 벌레. 울컥 올라오는 울음을 억지로 삼키니 목구멍이 뻐근했다.

"어떻게 알고 왔대요, 이미그레이션(출입국 사무소)?"

"모르지. 누가 신고했나? 그게 아니면 이 공장을 어떻게 알고 콕 찍었겠어. 앙심 품은 놈이 있는지, 요즘 우리 회사로 주문이 많으니까 다른 회사에서 찔렀는지."

"사장님도 벌 받아요?"

"그렇다데. 벌금 나오겠지."

"이크발 삼촌 짐은 가져갈 수 있겠죠? 가족들 선물도 많이 사 놨는데요."

"내 한번 알아볼게. 다른 애들도 다 짐을 챙겨 줘야 할 텐데 걱정이네."

그 자리에서 열두 명이 잡혔다. 같이 일하던 인도네시아 사람은 화장실에 간 동안 일이 벌어져 천운으로 안 잡혔다는 말도 있었다. 이크발 삼촌도 화장실에나 갈 것이지, 라주가 중얼거렸다. 행복한 얼굴로 결혼식을 치르던 삼촌 모습이 떠올랐다. 잡혀가더라도 결혼식은 다시 멋지게 할 수 있겠지?

나는 엄마와 함께 삼촌 집으로 가서 짐을 챙겼다. 알롬 삼촌이 떠난 뒤로 혼자 지내던 이크발 삼촌은 올 연말에 돌아갈 계획이었다. 전화 결혼식을 올린 아내가 약속했던 3년이 벌써 지났으니 얼른 오라고 성화를 했기 때문이다. 삼촌이 돌아갈 날을 손꼽으며 물건을 정리해 둔 덕분에 짐 싸기가 쉬웠다. 삼촌 트렁크는 너무 낡아서 비행기에 실을 수 없을 것 같았다. 큼직한 트렁크 두 개를 새로 사 왔다.

"여권이 제일 중요해. 네 가방에 넣었다가 김 주임님한테 줘."

"좋은 옷만 챙겨라."

"선물은 하나도 빼지 말고."

"그 신발은 좀 낡았잖니? 버리자."

"금목걸이랑 금반지는 따로 챙겨. 나중에 가는 사람 있으면 그편에 보내야지. 여기 넣으면 중간에 누가 빼 갈지도 모르잖아."

"편지 좀 쓸래? 가방에 넣게."

엄마는 짐을 챙기면서 생각나는 대로 한마디씩 했다. 슬픔을 억누르는 목소리였다. 나도 그저 응, 응, 짧은 대답을 하며 엄마 지시를 따랐다. 울음이 터지려 해서 입을 뗄 수가 없었다.

우리는 가방을 끌고 회사로 가져갔다. 회사 마당에는 벌써 가방이 잔뜩 쌓여 있었다. 사무실 직원이 나와서 가방마다 이름을 적어 붙였고, 김 주임님이 트럭을 가져와 가방을 실었다. 엄마는 그 뒤에 된통 몸살을 앓았다.

우리는 이크발 삼촌을 보러 갈 수 없었다. 잘 가라는 인사는 편지에 적었다.

삼촌은 잡혀간 이튿날 아빠에게 전화했다. 첫 통화에서는 울먹여서 가슴 아프게 하더니 그다음부터는 명랑한 목소리로 이런저런 부탁을 했다. 안달해도 어쩔 수 없으니 순순히 상황을 받아들인 것으로 보였다. 방 빼고 보증금 좀 챙겨 주세요. 회사에서 이미그레이션으로 월급 보내 준다니까 비행기표는 여기서 사면 될 거예요. 출국 일정이 잡혔어요. 우리 가족은 돌아가며 전화로 인사를 했다.

공항에는 가 보지 못했다. 아니, 갈 수 없었다. 우리도 들킬지 모른다. 그때 불현듯 어릴 적 기억이 떠올랐다. 그래서 아빠가 공항에 나오지 못했던 거구나!

삼촌이 잡힌 뒤로 나는 경찰차 꽁무니만 봐도 가슴이 두근거렸다. 구급차든 소방차든 멀리서 사이렌 소리만 들려도 가슴이 철렁 내려앉았다. 단속반은 절대 사이렌 따위를 울리지 않는다는 것을 알면서도 그랬다. 그게 바로 트라우마야, 나라가 아는 소리를 했다.

이크발 삼촌이 살던 방에는 베트남 아저씨가 들어왔다. 베트남 식당을 하는 수니 아줌마가 아는 사람을 소개했다. 장롱이며 냉장고, 신발장도 그대로 쓰겠다고 해서 일이 수월했다. 무엇보다 아직 계약 기간이 남아서 집주인이 보증금 200만 원을 안 빼 주면 어쩌나 걱정했는데 그 걱정을 덜어서 좋았다. 집주인도 골치 아파하던 중이었는데 한 방에 다 해결되었다.

베트남 아저씨는 지금껏 회사 마당에 있는 컨테이너에 살다가 이사 나오는 거라고 했다. 지난겨울을 추위에 떨며 간신히 버텼다고 한다. 이번 겨울은 절대 컨테이너에서 못 산다고 항의했더니 회사가 방을 알아보라고 했단다. 보증금

전액과 월세 절반은 회사가 내고 나머지는 자기가 내는 조건이라고 했다. 그 아저씨는 보일러를 켜 놓아 따뜻해진 방바닥에 여러 번 손바닥을 갖다 대 보았다.

보증금을 받아 챙겨 둔 아빠는 삼촌이 고향에 도착한 것을 확인하고 돈을 보냈다.

훈디 사건

이크발 삼촌이 떠난 뒤 우리 가족은 쓸쓸한 겨울을 맞았다. 떠들썩하게 드나들던 삼촌들도 이제 없고 기도소를 찾는 사람들도 거의 바뀌었다. 많이들 떠난 자리에 우리 가족만 오래도록 남아 있었다.

우리 말고 한국에 오래도록 사는 사람들은 대부분 한국인과 결혼해서 가정을 꾸린 사람들이었다. 우리와는 처지가 다르고 생활 자체가 달랐다. 우리 가족과 똑같이 '불법'이라 불리던 사람들이 결혼을 통해 비자 문제를 해결하면서 생활이 안정되었다. 그런 사람들은 대부분 식당 또는 가게를 열거나 무역 같은 사업을 시작했다. 나이 들어서도 공장에서 고생하는 사람은 우리 엄마 아빠뿐인 듯했다.

아빠에게 형사가 찾아왔다. 전에 기도소 만들 때 알게 된 그 사람이었다. 형사는 대뜸 하왈라로 돈 보내는 사람이 많으냐고 물었다. 아빠는 속으로 뜨끔해서 "잘 모르겠는데, 왜

요?" 하며 생각할 시간을 벌었다. '대체 이걸 왜 나한테 묻는 거지?'

"지금 하왈라 사건이 크게 터졌잖아요."

아빠는 그 사건을 이미 알고 있었지만 내색하지 않았다.

'훈디'라고도 불리는 '하왈라'는 한국어로 '환치기'라고 했다. 한 방글라데시 하왈라 조직이 붙잡혀서 돈을 맡겼던 사람들이 아우성이었다. 우리 가족은 여기서 먹고사는 것만 해도 워낙 쪼들리니 방글라데시에 돈을 보내는 일이 드물었다. 몇 년 전 할머니가 아파서 병원에 입원할 때 그리고 내 사촌이 결혼할 때 돈을 보냈다.

그러고는 한참 뜸하다가 지난번에 이크발 삼촌 돈을 보낼 때 훈디를 이용했다. 아빠는 우리가 돈을 보낸 뒤에 사건이 터져서 천만다행이라고 했다. 그러나 이번 사건에 돈이 물린 사람이 많아서 방글라데시 사람들 사이에 큰 혼란이 일고 있었다.

"은행으로 송금하지 않고 왜 하왈라를 하는 거예요?"

"한국은 뱅크 시스템 좋아요. 하지만 우리 나라 달라요. 뱅크는 도시에 많아요. 시골에는 없어요. 돈 없는 사람들 뱅크 어카운트 만드는 거 어려워요. 어떻게 만드는지도 몰라요. 돈 보낼 때 커미션도 은행 더 비싸요. 훈디는 싸요. 그냥 누구한테 보내 달라 말하고 돈만 주면 돼요."

"하왈라는 은행보다 돈을 더 빨리 받을 수 있다면서요?"

"내가 1996년에 여기 왔잖아요. 그때 나도 뱅크 잘 몰랐어요. 통장은 한국에서 처음 만들었어요. 하지만 우리 엄마가 뱅크 넘버 없으니 돈을 보낼 수 없잖아요. 우리도 다 훈디로 했어요. 여기서 훈디 하는 브로커한테 한국 돈 주면 바로 다음 날 엄마가 다카(방글라데시 화폐 단위)로 돈 받아요. 훈디 하는 사람이 오토바이 타고 우리 집에 가서 주니까 편해요."

"돈이 안 가거나 다른 사람한테 잘못 갈 수도 있잖아요?"

"아이고, 그런 일은 없어요. 하왈라가 믿는다는 뜻이에요. 믿을 수 있는 거죠. 요즘은 시크릿 넘버 주는 브로커도 있어요. 만약 내가 엄마한테 돈 보낸다고 하면, 브로커가 나한테 시크릿 넘버 줘요. 그러면 내가 그 넘버를 엄마한테 알려줘요. 그쪽에서 엄마한테 넘버 물어보고 돈을 줘요. 사고 안 나요."

형사는 아빠에게 지금도 하왈라로 돈을 보내느냐고 물었다. 아빠는 뜸 들이지 않고 바로 대답했다.

"우리는 여기서 먹고살 돈도 부족해요. 은행이고 하왈라고 보낼 돈만 있으면 좋겠는걸요? 하하하."

아빠의 농담에 형사도 하하 웃으며 갔다.

형사가 나간 것을 확인하고 아빠는 후유, 하고 가슴을 쓸어내렸다. 아빠는 이크발 삼촌 돈을 훈디로 보냈다. 훈디 하는 사람과 잘 아는 사이라 오랜만에 얼굴 본다고 일부러 직접 만나 돈을 건넸다고 했다. 만약 계좌로 입금해서 아빠 이름이 통장에 찍혔더라면 아빠도 들켰을지 모른다.

하왈라는 아랍어로 '신뢰'를 뜻한다. 옛 이슬람 상인들이 사막을 건너다니며 교역할 때 도둑이 돈을 훔쳐 가는 일이 많아 하왈라를 고안했다고 들었다. 하왈라 사업을 하는 사람들은 돈을 직접 주고받는 대신에 송금을 의뢰받은 돈으로 물건을 사서 보내고, 그 물건을 팔아서 생긴 현금을 수취인에게 지급한다고 했다. 철저한 신용 속에 이루어지는 거래였다.

아빠는 훈디가 범죄라는 것을 한국에 와서 처음 알았다고 한다. 돈세탁이나 탈세, 마약 거래 같은 것에 이용되기 때문이란다. 나는 고개를 갸웃했다. 만약 훈디가 없으면 할머니한테 돈을 어떻게 보내지? 우리 할머니는 은행 같은 건 전혀 모르는데.

불안해진 아빠는 나를 앞세워서 유리 선생님을 찾아가 물었다.

"환치기 자체도 문제지만 지금 걱정은 테러 때문이래요. 환치기한 자금이 이슬람 테러 조직으로 흘러든다는 정보가 있대요. 이럴 때는 더 조심하는 수밖에 없어요."

아빠가 전하는 소식에 기도소에 모인 사람들이 모두 분노했다. 테러! 테러! 도대체 왜 그러는 거야. 왜 이슬람 하면 테러만 떠올려? 테러리스트는 무슬림 아니잖아! 그런 살인자들이 어떻게 무슬림이야. 이슬람이 왜 나빠? 우리는 다 착한 사람들인데! 훈디가 나쁜 거야? 우리는 계속 그렇게 살아왔는데, 그게 그렇게 나쁜 거야?

어른들은 분하고 화나고 섭섭한 마음을 쏟아냈다. 비록 '불법체류자' 소리를 들으며 이렇게 살고 있지만, 우리는 착한 사람들이다. 우리가 왜 테러처럼 무시무시한 일과 계속 얽히고 의심받는지, 나는 도무지 이해할 수 없었다. 내 조그만 마음에도 불꽃이 파르르 일었다.

더러운 새끼

후세인이라는 사람이 인종 차별을 당했다는 이야기를 접한 것은 중학교 2학년 말쯤이었다. 사회 선생님이 인종 차별은 남의 나라 일이 아니라며 사례를 얘기해 주었다.

보노짓 후세인은 인도 사람으로, 성공회대학교에서 교수로 일했다. 어느 날 후세인이 한국인 친구와 버스에 타고 이야기를 나누는데, 별안간 뒤에서 "시끄러워! 더러운 새끼야." 하는 소리가 들렸다. 돌아보니 어떤 젊은 남자였다. 남자가 계속 손가락질하면서 "이 개새끼야, 냄새 나. 너 어디서 왔어? 유 아랍! 아랍!" 하며 욕설을 했다.

그 남자는 후세인과 함께 있던 친구에게도 "조선 년, 아랍 놈이랑 같이 있으니까 좋냐?"라고 했다.

두 사람은 그 남자를 붙잡아 경찰서에 갔는데, 경찰들은 남자의 말을 더 먼저 들었고 유독 후세인 교수한테만 "네가 교수야?" 하며 반말을 했다.

후세인 교수와 친구는 남자를 고소했고, 법원은 모욕죄를 인정해 그 남자에게 벌금형을 선고했다. 선생님은 이것이 한국에서 인종 차별적 발언으로 처벌받은 첫 번째 사례라고 했다.

후세인 교수는 끝까지 고소를 취하하지 않은 이유를 이렇게 말했다.

"그러면 아무 기록도 남지 않을 테니까요. 지금 이 순간에도 대한민국 어딘가에서 인종 차별이 일어나고 있다는 사실을 더 널리 알리고 싶었어요."

선생님은 우리나라에 많은 외국인이 함께 살고 있으니, 평화롭게 같이 살기 위해서는 서로 예의를 지키고 존중해야 한다고 말했다. 그 남자는 명백한 인종 차별 발언을 했지만, 우리나라에는 아직 인종 차별을 다루는 법이 없어서 모욕죄를 적용한 거라고 했다.

선생님은 이어서 말했다. 누구라도 출신, 민족, 피부색, 언어가 다르다는 이유로 차별하면 안 되고, 혹시라도 차별을 당하면 보노짓 후세인 교수처럼 용감하게 맞서자고. 또 맞서는 사람이 있다면 곁에서 돕자고.

"우리나라에도 인종 차별을 다루는 법률이 필요할 것 같지요? 이 문제에 관해서 같이 토론해 볼까요?"

아이들은 안 보는 척하면서 나를 자꾸 곁눈질했다. 뒤통수가 따끔거렸지만 기분 나쁘지는 않았다. 선생님의 시선은 나를 무심하게 스쳐 지나갈 뿐이어도, 나는 알았다. 선생님이 나를 응원하고 있다는 것을.

그 뒤로도 계속 비슷한 일이 생겼다. 목욕탕에서 외국인 손님을 꺼림칙하다며 받아 주지 않았다는 얘기가 뉴스에 나왔고, 나는 인터넷에서 '파퀴 새끼들(파키스탄 출신 사람을 비하하는 말) 잡아 죽이자'라는 글을 보았다. 소름이 돋았다. 한번은 길을 지날 때 어떤 남자가 바닥에 침을 탁 뱉으며 "개슬람이 왜 여기서 어슬렁거려?" 하고 말하는 것을 들었다. 나는 그 남자를 쳐다보지 않았지만 나를 향해 한 말이라는 것을 알았다. 히잡을 쓰지도 않았는데, 그 남자는 내가 무슬림인 줄을 어떻게 알았을까? 설마 내 이름이 '로지나 이슬람'이라는 것을 알고 있었나? 아니면 단지 내 외모를 보고 짐작한 것일까?

길에서 서명 운동을 하는 사람들을 본 적도 있다. 나라와 함께 거리를 지나는데 '이슬람 반대'라고 적힌 커다란 현수막을 든 사람들이 여럿 서 있었고, 또 다른 사람들은 종이판을 들고 다니면서 지나가는 사람들에게 서명을 부탁했다. 나는 갑자기 얼음이 되어 발이 딱 멈췄다. 느낌이 너무 안 좋았다.

나라가 말했다.

"내가 뭔지 보고 올게."

나라는 천연덕스럽게 다가가 무슨 서명이냐고 물었다.

"이거 서명 좀 부탁드려요. 이슬람 교인들이 몰려와서 우리나라를 이슬람 천국으로 만든대요. 그걸 막아야 해요."

나라가 서명지에 뭐라고 쓰고 돌아서면서 혀를 날름 내밀었다.

"뭐래?"

"여기가 이슬람 천국이 될까 봐 막아야 한대."

"쳇, 근데 너도 거기 서명한 거야?"

"했지! 뭐라고 썼게?"

서명을 했다고? 뭐라고 썼는지 알게 뭐람. 나는 샐쭉해서 나라를 흘겨보았다.

"꺼.져.버.렷! 흐흐흐, 쫓아오기 전에 얼른 도망가자."

한국인 타령

라주는 한국에서 태어나 그런지 나하고 다른 점이 많았다. 한국이 아무리 익숙해져도 내가 어디에서 왔는지 늘 잊지 않는 나와 달리, 라주는 자기가 방글라데시 사람이라는 생각이 거의 없었다. 라주가 아직 아기일 때 "라주, 어느 나라 사람?" 하고 물으면 라주는 기다렸다는 듯이 "한국 사람." 하고 대답했다. 그 질문은 특히 진주 아빠가 즐겨 했다. 입을 오물거리며 대답하는 귀여운 모습을 보려고 시도 때도 없이 물어 댔다. 그렇지만 초등학교 갈 나이가 됐는데도 여전히 그렇게 생각하고 있어서 몹시 걱정스러웠다.

예닐곱 살 때던가. 라주는 텔레비전에서 본 광고 때문에 한동안 몸살을 앓았다. 베트남 엄마를 둔 라주 또래의 아이가 나오는 공익 광고(하나금융그룹 텔레비전 광고)였다.

베트남 엄마를 두었지만
당신처럼 이 아이는 한국인입니다.

김치가 없으면 밥을 못 먹고
세종 대왕을 존경하고
독도를 우리 땅이라 생각합니다.
축구를 보면서 대한민국을 외칩니다.
스무 살이 넘으면 군대에 갈 것이고
세금을 내고 투표를 할 것입니다.
당신처럼.

라주가 숨넘어갈 기세로 달려와 알려 줘서 나도 그 방송 광고를 봤는데, 내 생각에 광고에 나온 아이는 아빠가 한국 사람인 것 같았다. 부모 모두가 한국인인 아이들과는 조금 다르지만 이 아이도 한국인이니 잘 키우자, 그런 의미라고 생각했다.

그런데 라주의 해석은 달랐다.

"누나, 봐 봐. 얘는 베트남 앤데 한국 애가 된 거야."

"아닌데? 얘는 원래 한국 애야. 아마 아빠가 한국 사람일 걸?"

"아냐, 아니라니까!"

라주는 손가락을 하나씩 꼽아 가며 말했다.

"봐 봐. 얘는 김치 잘 먹고, 세종 대왕 좋아하고, 독도를 우리 땅이라고 생각한대. 그래서 한국인이 된 거라고!"

"그게 아니라니까……."

"아냐! 내 말이 맞아. 대~한.민.국!"

라주는 방글라데시 엄마 아빠를 뒀지만 이 모든 조건을 충족하니 자기도 한국인이라고 했다. "대~한.민.국!"에 맞춰 손뼉을 치며 신이 나서 방을 뛰어다니는 라주를, 나는 복잡한 심정으로 바라보았다. 라주가 치는 박수는 그냥 박수가 아니었다. 한국인이 되기 위한 조건을 완성시키는 박수였다.

내가 계속 아니라고 하자 라주는 방바닥을 뒹굴며 울었다. 라주가 슬픔을 너무 일찍 알아 버렸다. 어린 라주의 몸부림에 가슴이 무너졌지만 나로서는 방법이 없었다. 제풀에 지쳐 멈출 때까지 그냥 두는 수밖에.

나는 광고가 원망스러웠다. 그런 광고까지 하다니, 한국 사람들은 한국 아빠를 둔 아이가 외톨이로 자랄까 봐 되게 걱정인가 보다. 그러나 우리같이 하찮은 외국인은 죽든 살든 상관없었다. 버림받은 느낌이었다. 라주는 아무리 김치를 잘 먹고 세종 대왕을 존경해도 절대 한국 사람이 될 수 없다.

라주는 자기가 엄마, 아빠, 누나와는 다르다고 여겼다. 이거 정말 큰일이다 싶어 틈만 나면 온 가족이 라주에게 성심성의껏 말했다. 너는 한국 사람이 아니고 방글라데시 사람이야, 우리는 한국에 계속 살지 않을 거야……. 라주는 신경질과 짜증으로 응했다. 자기 피부색을 저주했고, 그렇게 낳아 준 엄마를 원망했다. 벵골어로 말을 걸면 대답도 안 했다. 그 탓에 엄마와 나누는 대화가 자연히 줄어들었다. 똑같이 한국에 사는데 왜 누구는 한국 사람이고 누구는 방글라데시 사람인지, 어린 라주를 이해시키는 것은 너무 어려웠다.

이런 상황을 애처롭다고 해야 할까, 한심하다고 해야 할까. 엄마 아빠와 나는 라주가 크면 자연히 알겠지 하며 요행을 기대했다. 그것 말고는 딱히 방법이 없기도 했다.

음식과 종교도 그 연장선에 있었다. 라주가 아기일 때는 주로 엄마가 해 주는 음식만 먹으니 별문제가 없었다. 엄마는 진주와 나를 단속해서 라주 입에 들어가는 음식을 통제하기도 했다. 그러나 라주가 어린이집에 가면서 속수무책이 되었다. 엄마는 어린이집 원장님에게 사정을 말하고 돼지고기를 먹이지 말라고 부탁했지만, 정작 라주를 돌보는 선생님들은 그런 부탁을 전해 듣지 못했거나, 들었다 할지라도 아무런 주의를 기울이지 않았다.

부탁하고 물어보고 다시 부탁하기를 거듭하던 엄마도 시간이 흐르면서 점점 지쳐 갔다. 집에서만 잘 챙기면 커서 제자리를 찾겠지 하는 마음도 있었을 것이다. 나 역시 학교에서 매번 음식을 가리다가 지쳐 나름의 처세를 하던 중이었으므로 굳이 라주 일에 참견하지 않았다. 엄마가 차츰 의지를 잃은 데에는 엄마의 통역사인 내가 소극적이었던 이유가 클 것이다.

라주도 초등학교에 다니는 동안은 내가 그랬던 것처럼 망설임 끝에 하나씩 허용했고, 중학교에 다니면서부터는 대담해졌다. 라주는 집 밖으로 나가는 순간 엄마 아빠의 종교적 기대와 요구를 머릿속에서 깡그리 지워 버린다고 했다.

“나도 살아야지!”

녀석이 내뱉듯이 한 말이다.

태권도 잘하면 나도 한국인 되는 거지?
어린 라주는 슬픈 꿈을 꾸었다.

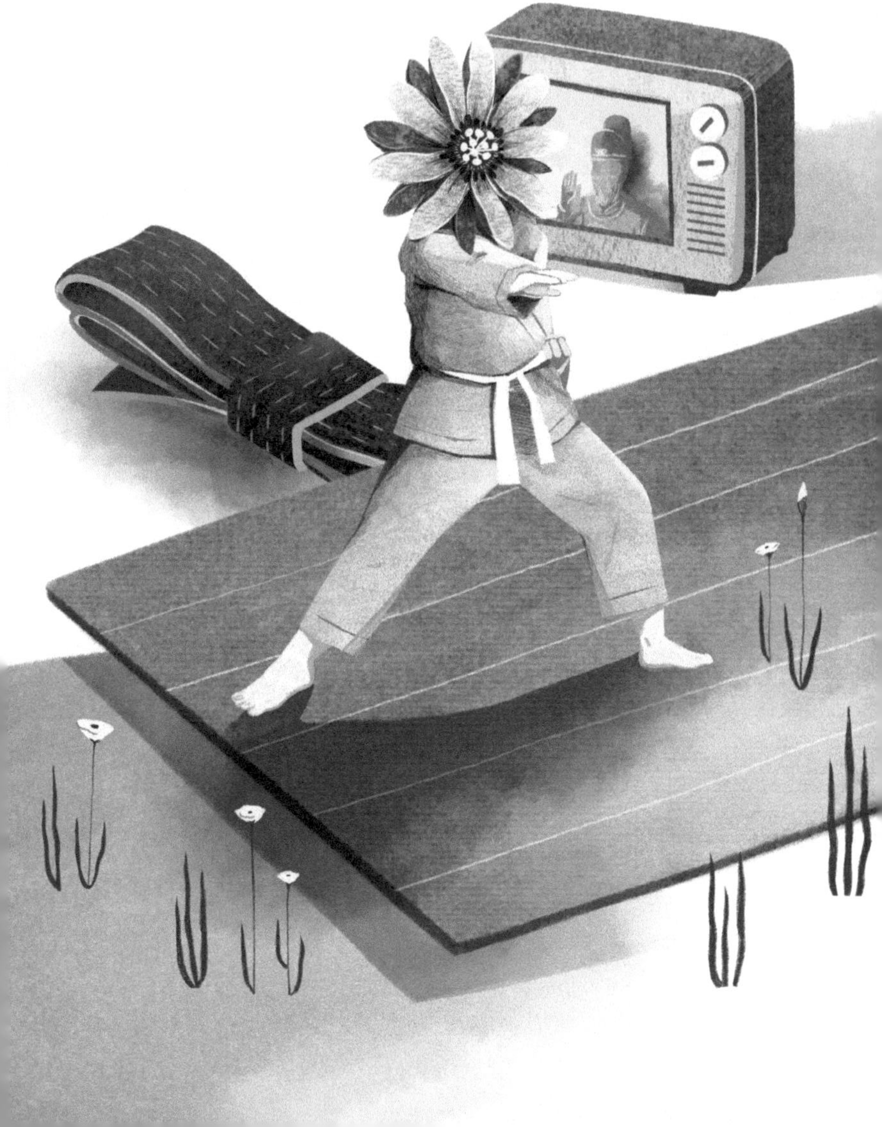

취학 통지서

라주는 어린이집 친구들 중에서 유일하게 취학 통지서를 못 받았다. 꼬마들이 그런 것까지 다 자랑하는지 혼자 시무룩해져서 집에 돌아왔다.

"누나, 취학 통지서가 뭐야?"

"왜?"

나는 꼬질꼬질 더러운 라주 손을 닦아 주며 되물었다.

"친구들이 다 받았대. 나만 못 받았어."

"초등학교에 입학하라는 안내장일 거야. 우리는 외국인이니까 안 줬겠지?"

"그럼 나 학교 못 가는 거야?"

"아닐걸? 누나도 학교 다니잖아."

라주는 내 말을 믿지 못했다. 자기만 없는 그 종이 때문에 하늘이 무너진 아이 같았다.

나는 잠깐 기억을 더듬었다. 내가 초등학교 들어갈 때는 교장 선생님을 찾아갔고, 나라가 입학할 때는 무작정 학교에 데려가서 선생님의 도움을 받았다. 그럼 라주는 어떻게 해야 할까? 엄마는 보나 마나 나에게 시킬 테니 내가 가서 물어봐야겠다.

라주를 데리고 학교에 갔지만 아는 선생님이 한 명도 없었다. 내가 졸업한 뒤로 선생님들이 다 바뀐 듯했다. 기가 죽어 교무실을 기웃거리는데, 어떤 선생님이 무슨 일이냐고 물었다.

"얘가 제 동생인데요, 지금 여덟 살 됐거든요. 학교 입학할 수 있는지 물어보려고 왔어요. 저도 이 학교 졸업했어요."

졸업생이라는 소리에 선생님이 반색을 했다. 나쁘지 않은 반응에 나는 이실직고했다.

"저어……. 선생님, 우리는 비자가 없는데 어떡하지요?"

"부모님은 안 계시니?"

"아니요, 지금은 일하러 가셨어요. 우선 제가 필요한 게 뭔지 알아보러 왔어요."

우리를 맞이한 교감 선생님은 걱정 말라며 필요한 서류를 알려 주었다. 간단하니 준비하기 어렵지 않을 거라고 해서 우리는 걱정을 덜었다.

내가 졸업하고 2년이 지났을 뿐인데, 그사이에 초등학교 분위기가 많이 달라졌다. 학교에 외국인 학생이 꽤 많다고 했다. 아니, 외국인 학생이 아니라 '다문화 학생'이라고 했다. 전에는 없던 '다문화'라는 말이 언제부턴가 생겼다. 외국인 여자와 결혼하는 한국 남자들이 많이 늘어났는데, 그런 경우를 '다문화 가정'이라 부른다고 했다.

텔레비전 광고로 나왔던 '베트남 엄마를 둔 아이'처럼 라주도 덩달아 '다문화 학생'이 되었다. "우리 라주는 엄마 아빠가 전부 방글라데시 사람이니까 다문화가 아닌데요?" 하고 의문을 제기했지만, 교감 선생님은 넓은 의미에서 라주도 '다문화 학생'이 맞다고 했다. 무슨 말인지 이해하지 못했지만 나쁘지 않았다. 어딘가에 끼워 주니 그저 좋았다. 교감 선생님이 우리 경제 사정을 묻더니 급식비를 지원받게 해 주겠다고 했다. 엄마는 이제 어린이집 원비가 굳는다고 좋아했다.

라주는 학교에 다닐 생각에 들떠서 하루에도 몇 번이나 가방을 메고 거울 앞에 섰다. 키가 이따만큼 커지면 군대에도 갈 거란다. 그러거나 말거나 내버려 두기로 했다. 크면 알겠지 뭐!

폭탄선언

나라네 집에 갔더니 나라가 울고 있었다. 눈두덩이 발갛게 붓고 뭉쳐진 휴지가 많은 것으로 보아 한참을 운 듯했다.

"왜 질질 짜냐?"

나라는 눈물을 슥 훔치며 입을 삐죽였다.

"뭐? 질질?"

"그게 질질이 아니면 뭔데? 무슨 일 있어? 청승 떨지 말고 이 언니한테 말해 봐."

"깝치지 마. 지가 무슨 언니라고."

울던 주제에 내가 깝치는 것은 놓치지 않는다.

나라가 발간 코를 훌쩍이며 사정을 말했다. 오랜만에 오빠한테서 전화가 왔다. 아빠가 간암에 걸렸다는 말을 어렵사리 꺼냈다. 이미 많이 진행되어 수술이 필요하다고 했다. 사업에 실패하고 여러 해 힘겨운 시간을 보낸 터라 아빠에게 수술할 돈 따위는 없었다. 나라와 두 살 터울인 오빠는 아직 돈을 마련할 수 있는 형편이 못 된다.

"너희 엄마는 뭐래?"

"무슨 개소리냐, 이런 반응이지 뭐. 엄마가 지금 고생하는 게 다 아빠 때문이잖아."

오뜨마 아줌마도 건강이 별로 안 좋았다. 청소일이 보통 고되지 않아서 자주 요통을 앓았다. 며칠을 꼼짝 못 하고 누워 있다가 다시 일하러 나가기를 거듭했다. 그즈음 나라는 뭔가 꿍꿍이가 있어 보일 때가 많았다.

그러던 어느 날, 나라가 폭탄선언을 했다.

"나 고등학교 안 가. 나도 돈 벌 거야."

뭐어? 아직 중학교 졸업도 안 한 애가 돈을 번다고? 가당치도 않은 소리에 피식 웃음이 나왔다. 소리는 내지 않고 놀리듯이 입만 벙긋거리며 물었다. 뭐, 뭐?

"못 알아들어? 고등학교 안 간다고."

"누구 맘대로?"

"당연히 내 맘대로지!"

말릴 기회조차 없었다. 나라는 나한테 했던 그대로 제 엄마에게도 폭탄을 날렸다. 나라와 오뜨마 아줌마는 날마다 전쟁을 치렀다.

"고등학교까지는 나와야지, 중학교만 졸업해서 어떻게 살려고 그래? 공부도 할 수 있을 때 해야지, 나중에는 하고 싶어도 못 해."

"공부? 공부는 해서 뭐 해? 엄마도 봐. 대학 나와서 겨우 모텔 청소나 하고 있잖아!"

"뭐가 어째? 엄마는 어쩔 수 없으니까 이러고 사는 거 몰라?"

"엄마만 어쩔 수 없는 거 아니야. 나도 어쩔 수 없어. 불법 주제에 공부는 뭐 하러 해? 어차피 공장에나 가고 청소나 할 텐데."

두 사람은 내가 같이 있을 때도 치열한 싸움을 벌였다. 몽골어와 한국어가 섞여서 내가 다 알아들을 수는 없었지만 팽팽한 긴장감은 고스란히 전해졌다. 나라는 졸업식에도 나타나지 않아서 내가 대신 졸업장을 받아다 주었다. 오뜨마 아줌마는 굳이 한국어로 '나쁜 년', '꼴통 년'이라고 나라에게 욕을 퍼부었다. 나라는 아랑곳하지 않았다.

그러나 나라의 의지와 상관없이 중학교를 막 졸업한 여자애가 할 수 있는 일은 별로 없었다. 발발거리고 다니며 찾아봐도 어린애가 할 만한 일은 없었다. 간신히 전단 알바를 시작했는데, 온종일 지문이 닳도록 돌려도 일당이 3만 원에도 못 미쳤다. 사람들이 전단 받기를 거절해서 상처도 많이 받았다.

점점 용감해진 나라는 인력 사무소에까지 찾아가 스무 살이라고 거짓말해서 공장을 소개받았다. 저주스럽던 큰 덩치가 이제야 제 몫을 했다며 나라는 제 어깨를 쓰다듬었다. 나라는 이제 나와는 다른 세계 사람이 되었다. 나라는 돈을 받을 때마다 꼬박꼬박 아빠에게 보냈다.

그러기를 몇 달, 나라가 학교까지 그만둔 보람도 없이 나라 아빠는 돌아가셨다. 마지막으로 들은 오빠 목소리가 슬프고 외로웠다고 한다.

"엄마도 치료비에 보태라고 돈 보냈어. 너한테까지 얘기해서 학교 그만두게 했다고 엄청 혼내더라, 엄마가."

라흐만 아저씨

아빠와 함께 기도소 일에 열심이던 라흐만 아저씨가 심장 마비로 세상을 떠났다. 평소 고혈압이 있어서, 나 이러다 그냥 훅 가는 거 아니냐는 소리를 자주 하던 아저씨가 정말로 혼자 자다가 죽음을 맞았다고 했다.

“아침에 출근을 안 해서 전화해 보니 안 받더라고. 점심시간에 집에 가 봤더니 문이 잠겨 있어. 창문 틈으로 보니까 형님이 꼼짝 않고 누워 있는 거야. 그런데 아무리 부르고 창문을 두드려도 움직이질 않아. 심장이 쿵 내려앉더라고. 집주인도 나갔는지 열쇠를 받을 수가 없잖아. 방범 창살 때문에 창문을 깨고 들어갈 수도 없고. 계속 형님 불러 가며 창문을 두드리니까 옆집에서 한국 사람이 나왔어. 그 사람이 119에 신고했어.”

라흐만 아저씨와 같은 회사에서 일하는 후세인 아저씨는 아빠에게 소식을 전하며 몸을 부르르 떨었다. 내가 가져다 준 물을 몇 모금 마시더니 자기 가슴에 손을 얹고 눈물을 질금대며 말을 이었다.

후세인 아저씨는 애타게 창문을 두드리다 정작 119 구조대가 왔을 때는 멀찍이 도망쳐서 다른 집 대문 안에 숨었다. 아저씨는 온몸의 힘이 풀려 마당에 주저앉았다. 119 구조대가 문을 뜯고 들어가 사망을 확인하고 시신에 흰 보를 씌워 나가는 모습을 숨죽인 채 지켜보기만 했다. 친형제처럼 지내는 사람이 죽었는데도 그렇게 숨어 있어야 하는 자신이 원망스러웠지만 나설 용기는 없었다. 비자가 없다는 사실을 들켜서 붙잡혀 갈까 봐 무서웠다. 후세인 아저씨는 한국에 온 지 얼마 안 된 터라 돈을 벌 때까지 절대 잡히면 안 되는 처지였다.

"아주 잘했어. 당황했을 텐데 어떻게 숨을 생각을 했어?"

"생각할 게 뭐 있어. 나도 모르게 숨었지."

이크발 삼촌이 잡혔을 때 단속반이 남아 있을까 두려워 이리저리 두리번거렸던 일이 생각났다. 후세인 아저씨가 본능적으로 몸을 숨긴 행동도, 그런 스스로가 실망스럽고 미운 것도 나는 다 이해할 수 있었다.

시신이 실려 나간 뒤 후세인 아저씨가 회사로 돌아가 사장님에게 사정을 전하고 있는데 형사가 찾아왔다. 방에 굴러다니던 월급 명세서를 보고 회사를 알았다고 했다. 사장님도 비자 없는 외국인을 고용했던 터라 형사가 오자 표정이 어두워졌다. 또다시 질겁한 후세인 아저씨는 재빨리 몸을 숨겼다. 눈치 빠른 형사는 숨지 않아도 괜찮다고, 자기는 단속하러 온 사람이 아니니 걱정 말라고 했다. 타살 흔적이 없고 방에 고혈압 약이 잔뜩 있어서 심장 질환으로 죽은 게 아닐까 짐작하지만 부검은 할 것 같다고, 나중에 장례 절차에 협조해 달라는 말을 전하러 왔다고 했다. 안도한 사장님이 한숨을 길게 내쉬며 그래야지요, 했다고 후세인 아저씨가 전했다.

아빠는 라흐만 아저씨 가족에게 슬픈 소식을 알렸다. 가끔 이런 일이 생기니까, 어른들은 서로에게 무슨 일이 생기면 집에 연락해 주자며 고향 집 전화번호를 적어서 나눠 가졌다. 대개 부모 형제나 부인 전화번호인데, 이따금 친척이나 동네 가게 번호가 적히기도 했다. 자기 집에 전화가 없어도 어떻게든 연락이 닿게 되어 있었다.

아저씨의 아들이 전화를 받았다. 아저씨가 날마다 걱정하던 그 큰아들이었다. 아들은 충격적인 소식에 잠시 전화를 끊겠다고 하더니, 가족들과 의논한 뒤 전화를 걸어왔다.

"아버지를 보내 주세요."

아들 목소리가 떨리더라고 아빠가 말했다.

우리 이슬람교도는 시신을 매장한다. 한국에서처럼 화장

하는 일은 없다. 아저씨를 여기에 매장할 수는 없으니 가족에게 보내 드려야 했다. 기도소에서 시신 송환을 함께 준비하기로 했다. 대사관은 필요한 서류를 만들어 주면서 국제 장례 회사를 알려 주었다. 비용은 지원할 수 없다고 선을 그었다. 어른들은, 대사관은 으레 그런다면서 별달리 탓하지 않았다. 다만 조용히 돈을 모았다. 누구는 10만 원, 누구는 5만 원……. 라흐만 아저씨가 기도소 일을 워낙 열심히 한데다 인정이 많았던 터라 모금에 많이들 참여했다.

우리에게는 이런 모금이 일상과 같았다. 누가 아파서 큰돈이 필요할 때도 돈을 모았고, 방글라데시에 홍수가 나서 사람들이 많이 죽고 집들이 물에 잠겼다는 소식이 들려도 모금을 해서 보냈다. 학교가 없는 지역에 학교를 세울 때, 시골 학교에서 작은 도서관을 만들 때, 우리는 적은 돈이라도 모아 힘을 보태곤 했다.

아빠는 아저씨가 다니던 회사를 찾아가서 사장님을 만났다. 사장님은 남은 월급과 퇴직금에 더해서 송환 비용에 보태라며 얼마를 더 줬다고 한다. 자기 혼자 다 책임져야 할 줄 알고 막막했는데, 방글라데시 사람들이 알아서 척척 진행하니 놀랍고 고맙다고 했다.

아빠와 아저씨들이 라흐만 아저씨가 살던 방을 정리했다.

서랍장 옆에 세워 둔 트렁크에는 물건이 가득했다. 대부분 가족에게 줄 선물 같았다. 여차하면 들고 떠날 준비를 미리 해 놓은 것이다. 누구나 그렇게 한다, 우리 같은 사람들은. 언제 단속에 걸릴지 모르니 미리미리 준비해 둔다. 큰 쓰레기봉투에 담겨 버려지는 아저씨 살림이 초라하고 불쌍했다. 옷 서랍에서 검은 비닐봉지에 돌돌 말아 숨겨 놓은 돈을 찾아냈다.

빈방을 뒤로하고 나오던 아빠는 "잠깐만." 하더니 다시 방으로 들어갔다.

"깜박했네! 여기도 봐야지."

아빠가 방에 깔린 장판을 들추자 돈이 나타났다. 그럼 그렇지! 장판 밑에는 5만 원짜리 지폐가 열 장씩 겹쳐져 가지런히 깔려 있었다. 300만 원이나 되는 큰돈이었다. 은행에 돈을 맡기지 못하는 사람들이 자주 쓰는 방법이었다. 라흐만 아저씨는 연수생 비자가 끝난 뒤에 한국에 눌러앉았는데, 연수생 때 만든 통장을 그만 잃어버리고 말았다. 한동안은 한국 사람 통장을 빌려 썼는데, 어느 날 그 사람이 몇백만 원이나 되는 돈을 싹 찾아서 달아나는 바람에 속을 끓이기도 했다. 다 비자가 없어서 생기는 문제였다.

장례 회사에서 시신이 상하지 않게끔 방부 처리를 하고

알루미늄관에 넣었다. 아저씨는 관에 누워 비행기 화물칸에 실려 간다고 했다. 아빠는 몇몇 아저씨와 함께 공항까지 따라가서 라흐만 아저씨를 보내고 가족에게 전화했다. 도착 시각을 알려 주면서 절대 늦지 말고 제시간에 공항으로 가라고 했다. 이 멀리까지 돈 벌러 왔다가 시신으로 돌아가는데, 혹시라도 가족이 늦거나 오지 않으면 아저씨가 얼마나 원통하겠느냐고 아빠는 미리 걱정했다.

"늙은 라흐만 얼굴에 화장을 아주 예쁘게 해 놨더라."

아빠가 묻지도 않은 말을 했다. 아빠는 그날 싱크대에 기대앉아 혼자 소주를 마셨다.

며칠 뒤 아빠는 아저씨들과 의논해서 송환에 쓰고 남은 돈을 라흐만 아저씨 가족에게 보내기로 했다. 라흐만 아저씨가 숨겨 놓은 돈에 월급을 더하고 방 보증금까지 돌려받으니 적지 않은 금액이 되었다. 아빠는 훈디를 이용해 돈을 보낸다고 했다. 아빠도 은행 거래를 못 하고 아저씨네 가족도 은행 계좌가 없으니 다른 방법이 없었다.

"아들놈이 이 돈을 허투루 쓰지 말아야 할 텐데."

아빠가 돈을 보내면서 걱정했다. 나도 그 말썽 많은 아들 이야기를 자주 들었다. 라흐만 아저씨가 고생고생 벌어 보내는 돈으로 아들이 마약을 한다고 했다.

"저희들 공부시키려고 제 아비가 여기까지 와서 그 고생을 하는데, 애들은 그런 마음을 몰라. 배부르게 먹고 편하게만 살아 가지고 그런 나쁜 짓을 하는 거야."

아빠는 본 적도 없는 그 아들을 미워했다. 라흐만 아저씨의 슬픔이 아빠에게 흘러들었기 때문일 것이다.

아내에게 아들 소식을 처음 전해 들었을 때, 라흐만 아저씨는 격분한 나머지 통화하던 휴대폰을 공장 담벼락으로 던져 버렸다. 휴대폰은 박살이 났다.

"죽을 둥 살 둥 일해서 돈 벌면 뭐 해! 먹지도 못하고 아껴서 보내면 뭐 하느냐고!"

라흐만 아저씨는 왜 아들 하나 제대로 단속하지 못하느냐고 아내에게 벼락같이 화를 냈지만 소용없었다. 이미 머리가 굵은 아들은 엄마 잔소리쯤은 귓등으로도 듣지 않았다. 아무리 말려도 마약을 끊지 못했고, 그 때문에 두 번이나 경찰에 잡혀갔다고 한다. 죄 없는 아내는 아저씨에게 울며 하소연했다.

"애가 아버지 무서운 줄을 모르고 커서 그런가 봐. 이게 당신이 여기 없는 탓이지 왜 내 탓이야."

그런 사정을 잘 아는 아빠는 라흐만 아저씨의 아내에게 전화를 했다. 그리고 돈 받은 것을 아들에게는 절대 비밀로 하라고 신신당부했다.

형님! 형님! 어디 아픈 거요?
형님이 꼼짝도 안 했어.

사고

고등학교 1학년, 여름 방학이 끝나고 얼마 지나지 않았을 때였다. 5교시 수학 시간이 막 시작됐는데 교감 선생님이 교실 문을 두드려 나를 불러냈다. 친구들 눈이 모두 내게 쏠렸다.

"지나야, 놀라지 말고……. 아빠가 좀 다치셨대. 병원으로 가 봐야겠다."

한순간 모든 것이 아득해졌다. 교감 선생님 얼굴이 뿌옇게 변하고 아무 소리도 들리지 않았다. 교감 선생님이 다가와 나를 감싸듯 안고 등을 토닥였다. 한숨을 길게 뱉은 뒤에야 내 심장이 벌렁거리고 있다는 게 느껴졌다.

"혼자 갈 수 있겠니?"

걱정하는 교감 선생님을 바라보며 고개를 끄덕였다.

"택시 타고 가라, 응?"

교감 선생님은 내 손에 돈을 꼭 쥐여 주었다.

가방을 챙길 겨를도 없이 나는 벌벌 떨면서 교문 밖으로 나가 택시를 잡아탔다. 운전사 아저씨한테 휴대폰을 빌려 엄마에게 전화하고 싶었지만 엄마 전화번호가 전혀 생각나지 않았다.

"아저씨, 아빠가 다쳐서 이 병원에 왔다는데 병원 어디로 가야 해요?"

운전사 아저씨는 아마 응급실일 거라면서 그 앞에 내려 주었다. 뛰어 들어가 이리저리 둘러봐도 아빠는 보이지 않았다. 한참이나 두리번거리며 서 있으니 어느 간호사가 물었다.

"누구 찾아요?"

"아빠가…… 아빠가…… 다쳤다고……."

아빠 이름을 확인한 간호사가 손가락으로 위쪽을 가리키며 알려 줬다.

"응급 수술해야 해서 수술실로 바로 옮겼어요. 3층."

수술실 앞에 엄마와 아빠 회사 이사님이 서 있었다. 엄마는 두 손을 모아 쥐고 부들부들 떨고 있었다. 엄마도 조금 전에야 도착해서 아빠를 보지 못했다고 했다.

이사님은 나를 보고 반색하더니 엄마에게 잘 전하라며 사고 과정을 설명했다.

"엄마한테 잘 알려 드려, 응? 아침에 사고가 났어, 응? 사고 나자마자 119 불러서 여기로 온 거야, 응? 급하게 수술 들어가느라고 정신없어서 연락이 좀 늦은 거야, 응? 기계에 손을 넣으면 안 되는데 싸이풀이 손을 넣었다고, 응? 기계가 내려오는 걸 봤으면 얼른 손을 빼야지, 응? 그런데 못 뺐어, 응? 그냥 쿵 내려와서 손가락 네 개가 다 나갔다고, 응? 내가 손가락을 다 찾아 가지고 와서 지금 그거 다시 붙이는 거야, 응? 봉합 수술, 응?"

이사님은 연신 응? 응? 해 가면서 내가 말을 알아들었는지 확인했다. 이사님이 손가락을 쭉 편 오른쪽 손등 위에 왼손 손날을 갖다 대며 말하는 거로 봐서 아빠는 오른손을 다친 듯했다. 오른손, 손가락 네 개!

나는 어려서부터 손가락이 잘리거나 잘린 손가락을 다시 붙인 삼촌들을 많이 봤기 때문에 무슨 말인지 잘 알았다. 아빠가 그 삼촌들처럼 손가락이 잘리는 사고를 당했고, 지금 붙이려고 수술을 하고 있다는 말이잖아. 그런데 기계가 내려오는데 손을 빼지 않아서 다쳤다고? 순간적으로 빼는 게 가능하다는 소리야? 아빠가 잘못해서 다쳤다고 말하고 싶은 거야?

어느덧 마음이 조금 진정된 나는 이사님의 말이 사실일지 가늠하고 있었다. 엄마는 나더러 아빠가 전처럼 손을 쓸 수 있을지 이사님에게 물어보라고 채근했지만 나는 묻지 않았다. 왠지 이사님은 우리 편이 아닌 것 같았다.

수술은 오래 걸렸다. 밤이 깊어지고, 안절부절못하던 엄마가 지쳐 주저앉고도 한참 뒤에야 의사가 나왔다. 의사도 지쳐 보였다. 으스러진 새끼손가락을 빼고 세 개를 붙였는데, 수술은 잘됐지만 손가락을 예전처럼 쓰기는 어려울 거라고 했다.

"이어붙인 뼈와 힘줄, 혈관이 잘 붙도록 치료 잘 받으셔야 해요. 재활 치료 열심히 하면 좀 좋아질 겁니다."

한국어 잘하는 딸이 있어서 정말 다행이라고, 아빠를 잘 돌봐 드리라고, 나이 든 의사는 사려 깊은 눈으로 나를 바라보며 격려했다. 엄마도 의사의 말을 대부분 알아들었지만, 나에게 묻고 또 물었다. 이사님은 뒷짐을 지고 고개를 숙인 채 묵묵히 듣고 있었다.

마취에서 깨어난 아빠는 담담해 보였다. 눈물이 그렁그렁한 엄마와 나를 위로하려고 아무렇지도 않은 척 애쓰는 거겠지. 괜찮다고, 울지 말라고 말하는 목소리에 힘이라고는 하나도 없었다. 버석버석, 메말라 부서질 것 같은 목소리. 거의 축구공만 하게 붕대를 감은 손보다 아빠 목소리가 더 슬펐다. 나는 울음이 복받쳐 얼른 병실을 나왔다. 엄마는 이미 아빠 다리를 붙잡은 채 흐느끼고 있었다. 이럴 때 알롬 삼촌이나 이크발 삼촌이 같이 있다면 얼마나 좋을까. 외롭고 무서웠다.

산재보험이라는 것이 있다고 했다. 아빠 회사는 다행히 이 보험에 가입했는데, 비자가 없는 노동자도 보험을 적용받을 수 있다고 했다.

"보험으로 안 되는 부분은 회사에서 낼 거니까 아무 걱정 말게."

사고가 난 이틀날, 사장님이 병원에 찾아와 말했다.

아빠가 말하기를, 이 회사에서 5년 넘게 일했는데 사고는 처음이라고 했다. 사장님도 그랬다. 전에는 가끔 사고가 있었지만 새 기계로 바꾼 뒤에는 몇 년간 무사고였다고. 이번에 기계가 오작동을 일으킨 것 같은데, 왜 그랬는지 지금 조사하고 있다고.

사장님은 붕대 감긴 아빠 손 위로 자기 손을 올리고 조심스럽게 어루만졌다. 그 손에도 손가락이 두 개 없었다. 사장님도 젊은 날 손가락을 잃었다고 했다. 사장님 앞에서 아빠는 아이처럼 눈물을 흘렸다. 내 마음이 저리고 아팠다. 그 모습은 나중에까지 두고두고 떠올랐다.

나는 당분간 학교를 쉬기로 했다. 아빠는 괜찮다고 했지만 아프고 상심한 아빠를 혼자 둘 수 없었다. 라흐만 아저씨를 보낸 지 얼마 안 됐기에 더욱 걱정스러웠다. 아빠가 무너지면 어쩌나 싶었다. 엄마까지 회사를 쉬면 당장 월세를 걱정해야 할 형편이라 엄마는 일을 나가야 했다.

"내가 잠깐 학교 빠지면 돼요, 엄마."

엄마는 미안해했지만 달리 방법이 없었다. 담임 선생님과 상의하니 사정이 정 그렇다면 한 달만 쉬라고 했다.

"한 달이면 아빠도 좀 나아지실 거야. 너무 오래 쉬면 공부 따라가기 힘들어. 지나야, 알았지?"

네, 대답했지만 나는 왠지 자신이 없었다.

다행히 아빠 손가락은 잘 붙었다. 새끼손가락이 사라졌지만 다른 손가락들은 그럭저럭 형태를 유지했다. 그러나 세 손가락 다 관절이 잘 굽혀지지 않았고, 집게손가락은 감각을 느끼지 못했다. 재활 치료를 꾸준히 하면 조금 나아지겠지만 일을 할 수 있을 정도로 회복되기는 어려울 거라고 의사가 말했다. 손가락을 굽혀 물건을 꽉 쥘 수 있어야 일을 할 수 있을 텐데, 그것까지는 불가능한 모양이었다. 회사에서는 아빠를 다시 부르지 않았다.

집에 있게 된 아빠는 곧잘 침울해졌다. 치료 삼아 작은 고무공을 주무르다 갑자기 맞은편 벽을 향해 힘껏 던지기도 했다. 벽을 맞히고 튀어나온 공은 이리저리 튀어 다니기도 하고 아빠 몸을 때리기도 했다.

아빠는 치받치는 울분을 어쩌지 못하는 것 같았다. 그리고 불안해 보였다. 마음속에서 요동치는 거센 감정을 애써 누르는 듯했고, 나는 그것들이 터져 나올 것만 같아 무서웠다. 라주도 처음에는 공을 주워 아빠에게 던지며 장난치려 들었지만, 이내 그럴 분위기가 아니라는 것을 알아챘다. 아빠 곁에 좀 있으라고 일러도 듣지 않고 밖으로 나돌았다.

나도 우울하기는 마찬가지였다. 엄마가 방글라데시로 돌아가자고 했을 때 갔더라면 아빠가 사고를 당하지 않았을 텐데……. 자책이 마음을 휘저었다. 엄마도 비슷한 말을 했다. 엄마가 한국에 오겠다고 조르지 않았으면 빚을 덜 졌을 테고, 아빠도 다치도록 오래 일하지 않았을 거야. 모두 부질없는 후회였다. 하루하루를 견디기가 고통스러웠다.

나는 계속 학교에 가지 않았다. 한번 멀어지니 학교 따위는 아무래도 좋았다.

우두커니 방에만 있던 아빠가 어느 날부터인가 집을 나섰다. 달리 할 일이 없는 아빠는 동네 공원에 우두커니 앉아 있곤 했다. 나도 슬며시 따라가서 아빠 옆에 앉았다. 바람이 나무를 흔들자 쏴아, 소리를 내며 노란 이파리들이 떨어져 내렸다. 가을이 깊어 가고 있었다.

아빠가 왼손으로 오른손을 연신 문질렀다.

"왜 그래요, 아빠?"

"너무 가려워."

"어디가요? 상처 부워요?"

"상처가 아니라 새끼손가락 끝이 그렇게 가렵구나."

"있지도 않은 손가락 끝이 왜 가려워요?"

"그러게 말이다. 없는 손가락이 가려우니 긁지도 못하겠고, 참 나……."

손을 계속 비벼도 가려움이 사라지지 않는지 아빠가 얼굴을 찡그렸다.

"아빠는…… 한국에 왜 왔어요?"

느닷없는 질문에 놀랐는지 아빠가 고개를 돌려 나를 보았다. 표정은 여전히 찌푸린 채였다. 별다른 뜻이 담긴 질문은 아니었다. 가려움을 잊게 하고 싶은데, 다른 말이 생각나지 않았을 뿐이다.

"그야 잘살아 보려고 왔지."

뜸 들여 나온 대답에 힘입어 나는 얼른 질문을 이었다.

"혼자 와서 돈 벌어 집에 보내는 거랑, 우리처럼 가족이 와서 같이 사는 것 중에 어느 쪽이 더 나을까요?"

다시 이어지는 침묵.

괜한 질문을 했나? 무안해진 나는 더는 말하지 않기로 했다. 바람 속에서 과자 부스러기를 물고 가는 조그맣고 성실한 개미를 하염없이 바라보았다. 먼저 들어간다고 일어날까 말까, 망설이던 그때 아빠가 입을 열었다.

"처음엔 혼자 몇 년 벌어서 가려고 했지. 그런데 내가 오고 나서 얼마 안 있다 한국에 IMF가 터졌잖니. 첫 회사에서 몇 달 치 월급을 못 받고 그냥 나오고, 여기 행복동으로 와서도 일자리 구할 때까지 오래 쉬었어. 그러다 간신히 일 구해서 빚 좀 갚나 했더니 네 엄마한테 일이 생긴 거야. 엄마가 정치 활동 했던 거 알지? 반대쪽 놈들이 미용실에 쳐들어와서 협박하니까 엄마가 겁을 많이 먹었어. 엄마가 한국으로 오고 싶다는데 어떡해, 오라고 해야지. 그때 또 돈이 많이 들어갔지. 내가 올 때 브로커한테 준 돈도 다 못 갚았는데, 너랑 엄마 올 때 또 돈을 빌려서 브로커한테 줬어. 그것도 다 갚기 전에 단속이 심해져서 오랫동안 일을 못 했고. 너도 그때 생각나지? 엄마만 비자 받아서 일하고 아빠랑 삼촌들은 다 집에서 놀던 때 말이야."

"라주 애기 때, 그…… 사람들 많이 죽었던 때요?"

"그래, 그때. 그러니 어디 돈을 모을 수가 있어야지. 처음 올 때는 몰랐지. 몇 년 바짝 일하면 돈을 벌 수 있을 거라고 생각했는데, 그게 쉬운 일이 아니더라고. 여기서 라주까지 낳게 될 줄은 더 몰랐지. 그러다 손까지 다치고……. 사람 일이라는 게 참 마음대로 안 되는구나, 휴우우."

깊은 한숨과 함께 말을 멈춘 아빠는 눈을 감았다. 은행잎 무더기가 바람을 타고 공원 바닥을 쓸었다. 아빠가 다시 말을 이었다.

"힘들어도…… 너랑 라주랑 같이 사니까 아빠는 좋았어."

그랬구나, 아빠는. 내가 와서 좋았구나. 좋았다는 말이 나는 좋았다. 아빠가 길게 말한 것도 좋았다.

나는 가벼워진 마음으로 빛깔 고운 은행잎을 몇 장 주웠다. 바람을 따라다니며 은행잎을 고르는 나를 바라보는 아빠 얼굴에 엷은 미소가 번졌다. 양손은 점퍼 주머니에 들어가 있었다. 가려움이 가신 걸까.

왼손으로 포크를 쥔 지 벌써 몇 달째 되어 가는데도 아빠의 식사 시간은 좀처럼 편해지지 않았다. 젓가락질의 달인이던 아빠가 고작 포크질 때문에 쩔쩔매는 모습은 우습기도 하고 짠하기도 했다. 결국 자신감이 문제인가.

"여기서는 포크라도 쓰는데, 돌아가서는 어쩌지? 포크를 쓰기도 그렇고, 왼손으로 먹기도 그렇고. 이러나저러나 다들 구경났다고 쳐다보겠지. 허허, 참……."

서툰 포크질에 멋쩍은 아빠가 웃자고 꺼낸 말이었지만 아무도 웃지 않았다. 심지어 아빠도 말끝에는 울컥하여 목이 메기까지 했다.

우리 문화에서 오른손은 밥 먹는 손, 왼손은 화장실에서 쓰는 손이다. 화장실에서 왼손을 사용해 물로 씻어 내는데, 그 손으로 또 밥을 먹을 수는 없는 노릇이다. 나는 어릴 때 방글라데시를 떠났지만 그런 문화를 잘 기억하고 있었다.

그러나 여기에서 태어난 라주는 그 느낌을 잘 몰랐다. 아빠가 한 말을 나는 알아듣고 같이 목이 메었는데, 라주는 이해는 못 하고 갑자기 우울해진 분위기만 감지한 것 같았다. 겨우 열 살짜리가 눈치가 얼마나 빠른지, 그 자리에서는 아무것도 묻지 않았다. 그러더니 내가 설거지를 할 때 슬그머니 다가왔다.

"왼손으로는 왜 밥을 못 먹어? 그냥 먹으면 안 돼?"

라주는 방글라데시 사람이라면 누구나 아는 느낌을 몰랐다. 이것은 지식의 문제가 아니라 느낌의 문제였다. 방글라데시에서는 식사 때 도구 대신에 오른손을 사용한다는 것은 라주도 안다. 그렇지만 화장실에서 쓰는 왼손으로 밥을 먹는다는 것이 어떤 느낌인지는 알지 못했다. 라주가 갑자기 방글라데시로 가게 된다면 새로 배워야 할 것이 대체 얼마나 많을 것인가.

물론 나도 마찬가지였다. 다섯 살까지의 기억만으로는 방글라데시를 잘 안다고 할 수 없었다. 삼촌들은 툭하면 내가 방글라데시에 대해 너무 모른다고 걱정했다. 손은 기계처럼 그릇을 닦았지만 머릿속에서는 이런저런 생각과 의문이 꼬리를 물고 이어지며 방글라데시와 한국을 넘나들었다.

다음 달엔 꼭 가야지, 또 다음 달엔 진짜 가야지, 생각은 그랬지만 나는 학교와 점점 더 멀어졌다. 현실이 암울해질수록 학교는 다녀서 뭐 하나 싶은 마음이 커졌다. 처음에는 자주 전화하던 친구들도, 어서 학교에 나오라고 설득하던 선생님도 점차 소식이 뜸해졌다.

대신에 나라가 신이 났다. 본래 정이 많은 아이지만 내가 학교에 안 다니면서부터 전보다 더 끔찍이 나를 챙겼다.

"학교 때려치운 건 내가 선배잖아. 학교 안 다닌다고 인생 망하지 않아. 나 봐. 중졸이면 어떠냐? 회사에서도 나 엄청 예뻐해. 이 언니가 일은 또 좀 잘하간?"

헤실헤실 웃으며 하는 말에 나도 픽 웃었다. 고등학교에 진학하지 않겠다는 나라를 말릴 때는 언제고 이제는 내가 똑같은 상황이 되다니, 인생 참 웃겼다.

나는 아무리 어려워도 대학에 꼭 갈 작정이었다. 아니, 당연히 그래야 한다고, 그럴 수 있다고 생각했다. 학교 친구들이 막연하게 그런 미래를 그리듯이 나도 그랬다. 철도 없지, 한국 애들이랑 내가 똑같은 줄 알았다.

아빠의 손은
우리 가족의 밥이고,
집이었다.

취업

아빠를 혼자 둬도 괜찮겠다는 생각이 들면서 나는 나라를 따라 일하러 갈 궁리를 했다. 학교로 다시 돌아가는 것은 아예 계산에 없었다. 아빠가 받은 보상금은 방글라데시에 돌아가서 새로 정착할 비용으로 묻어 두기로 했다. 엄마 혼자 일해서 버는 돈으로 우리 네 식구가 살기는 너무 빠듯했다. 월세며 공과금을 내고 시장 몇 번 가면 끝이었다.

라주는 휴대폰 같은 것은 꿈도 안 꿨지만 옷이며 신발이며 게임기며 갖고 싶은 것이 많았다. 저도 눈치가 있어서 조른다고 될 일이 아니라는 것을 알았다. 그러나 다른 아이들을 부럽게 쳐다보는 눈길은 감추지 못했다. 그 모습을 보면서도 나는 모르는 척했다. 사 줄 수 없는 게 뻔하니 공연히 기대감만 높일 짓은 안 하는 편이 나았다.

게다가 엄마도 걱정이었다. 지난봄부터 부쩍 힘들어했다. 아침에는 잘 일어나지 못했고 저녁이면 젖은 솜처럼 무거운 몸으로 들어왔다. 아빠 일을 겪으면서 마음이 약해진 탓인지 울적해 보일 때도 많았다. 엄마 혼자 고생하게 놔두면 안 될 것 같았다.

나도 열일곱 살이니 어린 나이가 아니다. 나라는 벌써 작년부터 일을 하고 있었다. 전단지 알바부터 시작해서 전자 부품 조립, 모텔 청소, 주방 보조, 서빙까지 온갖 일을 닥치는 대로 했다. 다행히 나라는 외모가 한국인 같아서 무슨 일이든 할 수 있었다. 말도 한국 사람처럼 하니까 다들 나라를 한국 애라고 생각했다. 그런데 나는 외모가 너무 튀어서 서빙 같은 서비스 알바는 찾기 쉽지 않을 거라고 했다.

"그냥 공장 가야지, 뭐. 그런데 공장은 좀 그래. 사람들이 거칠거든. 너처럼 여린 애가 견딜 수 있을까?"

자기는 원체 대범하고 성격이 좋아서 잘 버텼지만 나는 물렁해서 힘들 거라고, 걱정인지 디스인지 모를 말을 히히 웃으며 늘어놓았다.

"그거 생각나? 중1 때, 영훈이 패거리 말야. 맨날 우리한테 너네 나라로 가라고 깝치고 너한테는 깜씨라고 했잖아. 그때는 걔들이 제일 나쁘다고 생각했는데 공장 가 보니까 어른들은 더하더라고."

어릴 때는 아이들이 차별하네 어쩌네 하며 우리끼리 투덜거리기도 했는데, 공장에서 겪는 일은 차원이 다르다고 했다. 속도를 맞추지 못하거나 불량을 내면 바로 핀잔과 욕설이 날아오고, 어떤 관리자들은 욕이 아니면 말을 못 한다고 했다. 그뿐이 아니었다. 기계를 봐 달라고 하면 뒤에서 껴안 듯이 몸을 밀착하는 늙거나 젊은 남자들이 제일 문제라고 했다.

“거의 끌어안는다니까! 몰래 가슴이나 엉덩이를 쓱 쓰다듬어. 어떤 새끼는 있잖니, 와, 나라 탱탱하네, 하고 엄지를 척 치켜들기도 해.”

충격이었다. 내 친구 나라가 그런 일을 겪다니!

“처음엔 엄청 놀라서 아무 말도 못 했지. 지나다 우연히 스친 건가? 만진 건가? 헷갈리기도 하고. 그런데 실수가 아니라 만진 거였어.”

“그걸 어떻게 확인했어? 스쳤는지 만졌는지?”

“엄청난 일이 있었거든. 내가 당하고 며칠 지났을 땐데, 갑자기 저쪽에서, 이 새끼 좆 짤라 버린다! 하는 소리가 들리는 거야. 꽃순 언니 목소리였어. 자기가 당했는데 그걸 다 들으라고 소리 지른 거야. 다른 아줌마들이 옴머, 옴머, 하며 깔깔 웃고 그 짓 했던 과장 놈은 얼굴 빨개져서 나가더라고. 진짜 대단하지 않냐? 웃기는 건, 그동안 아줌마들이 다 당한 적이 있다는 거야. 그런데 아무도 말을 못 한 거지. 혼자서만 속으로 끙끙거리고.”

나라는 꽃순 언니 이야기를 한참 늘어놓았다. 들어온 지 얼마 안 됐는데, 육십 가까운 나이에 큼직한 꽃무늬가 그려진 화려한 옷을 자주 입는다고 했다. 그래서 별명이 꽃순 언니라고. 다른 아줌마들이 대부분 4, 50대라 꽃순 언니라 부르니 나라도 덩달아 언니라 불렀다.

꽃순 언니는 성격이 거침없고 화통했다. 게다가 손이 빠르고 정확해서, 신참인데도 거의 대장 노릇을 했다.

"저런 놈들은 초장에 박살 내야 돼."

꽃순 언니는 아줌마들의 환호에 눈썹을 들썩이며 웃었다.

나라에게도 단단히 일렀다.

"나라, 너한테도 그랬다냐? 저놈이 요런 어린애한테까지 그런 짓을 해? 당하면 놀라지 말고 막 소리 질러. 아까 봤지? 그렇게 해. 도와줄 테니까."

그 뒤로 아줌마들이 똘똘 뭉쳤다. 아줌마들끼리는 비밀이 없었다. 집에서 남편들이 저지른 잘못도 그 이튿날이면 아줌마들 점심 밥상에서 잘근잘근 씹혔다. 남편이고 손버릇 나쁜 과장이고 걸리기만 하면 냅다 까발리는 유쾌한 아줌마들 덕분에 나라는 첫 공장에서 즐겁게 지냈다고 했다. 그러나 얼마 후 공장이 멀리 이사하는 바람에 나라와 아줌마들은 일을 그만두고 뿔뿔이 흩어졌다.

나라가 그보다 먼저 도전한 일은 모텔 청소였다. 오뜨마 아줌마는 꽤 오래 모텔 청소 알바를 했는데, 요즘에는 아예 모텔 지하에 살면서 월급제로 일한다. 방이 36개인 모텔을 다른 몽골 아줌마랑 둘이서 다 청소한다고 했다.

나라는 제 엄마 따라 모텔 청소일을 몇 번 간 적이 있다. 학교를 그만두기 직전인 중3 겨울, 크리스마스와 연말이어서 모텔은 한창 성수기였다. 하필 그때 오뜨마 아줌마가 감기 몸살을 심하게 앓았는데, 그렇다고 안 나가면 일자리를 영영 잃을까 봐 어쩔 수 없이 나라에게 도움을 청했던 것이다. 나라는 그때 일주일 동안 죽도록 고생하더니 그 뒤로 모텔 청소는 절대 안 한다고 다짐했다. 나라는 제 엄마가 손목이며 허리가 아프다고 할 때마다 입버릇처럼 하는 소리라고 흘려들었는데, 직접 해 보니 왜 그렇게 아픈지 알겠더라고 말했다.

"청소하러 딱 들어가면 깨끗한 방도 있지만 정말 엄청나게 지저분한 방도 있어. 깨끗한 방도 청소는 전부 새로 해야 해. 청소기가 무거워서 손목이 아프고, 제일 힘든 일은 침대 시트 바꾸는 거야. 엄마는 요령껏 잘하는데 나는 힘들어서 죽겠더라고."

나라가 처음 청소일을 하고 온 날 손목이 시큰거린다며 주물러 달라고 했던 게 생각났다. 주물러 주고 파스까지 붙여 줬는데도 징징거려서 엄살인 줄 알았더니 그게 아니었나 보다. 이제 나도 같은 처지가 됐다고 생각하는지 전에는 하지 않은 말을 술술 털어놓았다.

“아우! 말도 마. 어떤 방은 문을 열면 담배 연기가 꽉 차 있어. 물컵에 담배꽁초가 가득해. 가래침이랑 범벅이 돼서. 그런 방은 담배 냄새에 찌들어서 아무리 청소해도 소용이 없어. 어떤 방은 애들이 파티를 했는지 풍선이 가득이야. 그걸 터뜨리면 풍선 쪼가리가 흩어져서 청소하기 힘들거든. 그래서 살살 바람 빼려면 완전 짜증 난다니까. 시간도 엄청 걸리고. 터진 풍선 쪼가리는 청소기로도 제대로 안 빨려서 일일이 손으로 주워야 해. 또 케이크를 던졌는지 처발랐는지 침대고 바닥이고 케이크 크림으로 난리였어. 내가 짜증 내니까 엄마가 뭐랬는지 알아? 그게 똥이 아닌 게 다행인 줄 알래. 어떤 새끼들은 그렇게 똥칠을 해 놓는대. 아, 불쌍한 우리 엄마!”

나라는 자기가 겪은 일에 엄마한테 들은 이야기까지 더해 모텔 청소에 관해서라면 거의 박사였다.

“청소 쪽에 우리 몽골 사람들이 많이 일한대. 좋은 호텔에 메이드로 들어가기도 한다는데, 그건 비자 있는 사람들 얘기고. 우리야 뭐 모텔, 아파트 입주 청소, 건물 계단, 사무실 이런 데지. 몽골 여자들은 청소하고 몽골 남자들은 이삿짐 나르고, 천하를 통일하게 생겼어, 흐흐."

나라는 제가 언니라도 되는 양 나를 걱정했다. 나를 아무데나 보낼 수는 없으니 자기 다니는 회사에 소개해 보겠다고 했다. 그때 나라는 휴대폰 케이스 만드는 회사에서 일했는데, 여자들이 많아서 나쁜 일은 별로 없다고 했다.

나는 친구 덕분에 괜찮은 일자리에 쉽게 들어갔다. 인력사무소를 거치지 않았으니 돈도 굳었다. 나도 스무 살이라고 거짓말을 했다.

엄마

아침에 일하러 나가던 엄마가 현관에서 아이고, 하며 주저앉았다. 허리를 펴지 못했다. 밤새 아픈 것을 내색 않고 있다가 회사까지 가려 했던 것이다. 하루만 쉬면 괜찮을 줄 알았는데 사흘이 지나도 통증이 나아지지 않았다.

또 어느 병원으로 가야 하나. 비자도 없고 건강보험도 없는 우리 같은 사람들은 아프면 정말 큰일이다. 감기로 동네 병원엘 가도 몇만 원이 들었다. 웬만하면 약국에서 약 사 먹는 것으로 해결했다. 그런데 허리가 저렇게 아프니 어쩐다…….

걷지도 못하는 엄마를 이 병원 저 병원 끌고 다닐 수 없어 처음부터 작정하고 큰 병원으로 갔다. 그러기를 천만다행이었다. 검사 결과 허리 문제가 아니라 자궁 근종이라는 진단을 받았다. 하늘이 무너지는 것 같았다.

"자궁 근종이 뭔지 알지요? 자궁에 혹이 자라는 거예요. 어머니 경우는 혹이 많이 커서 걱정입니다. 혹이 오랫동안 자랐을 텐데, 전에는 아픈 적 없었어요?"

엄마도 다 알아들었겠지 싶었지만, 나는 통역을 해서 확실하게 전달했다.

"아팠어요. 옛날에 아기도 떨어졌어요."

아기? 엄마 몸속에 전부터 혹이 있었다는 것도 놀라운데 그것 때문에 유산을 했다니, 이게 무슨 소리지? 혹이 작으면 그냥 두기도 하고 초음파로 떼어 낼 수도 있는데, 엄마 혹은 너무 커서 수술로 떼어 내야 한다고 했다.

진료실에서 나와 엄마에게 그게 무슨 소리냐고 닦달했다.

"너 어릴 때, 엄마가 둘째 동생 생겼다고 했던 거 생각 안 나? 그때도 혹이 있다고 했어. 그래서 유산한 거 같아."

내가 초등학생 때 엄마가 둘째 동생 얘기를 했던 것이 생각났다. 엄마가 문틀에 기대서서 또 아기가 생겼으니 방글라데시로 돌아가자고 말할 때, 나는 고집스럽게 텔레비전만 봤던 기억이 떠올랐다. 그 뒤로 아기는 안 나왔고 나는 그 일을 까맣게 잊고 있었다. 엄마는 그 일을 혼자 삭이며 힘들어했던 것이다.

그때 병원에 엄마 혼자 갔었다고? 아빠도 모른다고? 그 혹이 이 혹이야? 내 질문에 입을 꾹 다문 채 엄마는 자기 손가락에 생긴 거스러미만 떼어 냈다. 그렇게 떼지 마, 피 나! 나는 괜한 신경질을 부렸다. 도대체 혹을 가지고 몇 년을 산 거야? 그때 해결했으면 별것 아니었을 텐데 이렇게까지 키워 놓다니, 엄마가 밉기도 하고 불쌍하기도 했다. 울음이 꾸역꾸역 올라왔다. 목이 터질 것 같았다.

엄마가 수술을 안 하겠다고 버텨 애를 태우기도 했다.

"그 돈은 지켜야지. 나라에 가서 어떻게 먹고살아……."

그 소리에 나는 불뚝 성질을 냈다.

"왜요, 그러다 죽으려고? 엄마가 죽고 나서 식구들이 뭘 먹든 뭐가 그렇게 걱정인데요?"

나는 입에서 튀어나오는 대로 함부로 말했다. 그러다 마음이 가라앉으면 엄마를 달래고 또 성질이 뻗치면 윽박질렀다. 아빠는 말없이 벽만 바라보았다. 그런 걱정일랑 말고 수술부터 하자고 말은 하지 않고 왜 벽만 보는지, 나는 아빠에게 더 화가 났다.

"내가 학교 일찌감치 그만두길 잘했네, 잘했어."

속으로 삭여야 할 말이 제멋대로 튀어나왔다. 로지나, 이러지 말자, 네가 정신 줄 잘 붙들어야지. 스스로 다독이고 마음을 쓸어내렸지만 혼자 있을 때도 화가 치밀었다. 나도 모르게 눈물이 주르륵 흘렀다.

엄마 눈은 자주 텅 비어 있었다. 아빠가 사고 보상금으로 받은 돈은 고스란히 엄마 수술비로 들어갔다.

엄마의 고통을 나는 알지 못했다.
아니, 알고 싶지 않았다.

장사

아빠는 몇 번 일을 해 보려고 시도했지만 손이 도와주지 않았다. 엄지손가락은 멀쩡해도 집게손가락이 힘을 받쳐 주지 못해 일을 제대로 해내기 힘들었다. 힘을 써야 하는 일도, 미세하게 움직여야 하는 일도 피하자니 할 수 있는 일이 없었다.

그런 중에 살람 삼촌이 한 가지 제안을 했다. 자기 트럭에 물건을 싣고 전국을 돌며 장사하자는 것이었다. 시작할 때 물건 구입 비용을 반씩 투자하자고 했다. 물건은 방글라데시, 인도, 파키스탄, 태국 등에서 들여온 옷과 공예품이었다. 아시아 지역을 여행하는 한국 사람들이 많아지면서 그런 물건에 대한 수요가 점점 늘어날 무렵이었다. 인사동이나 홍대 쪽에는 전문 가게도 있었다.

살람 삼촌의 아내는 한국인인데, 아파트 알뜰장을 돌며 옷 장사를 했다. 채소, 과일, 생선 등 다양한 품목을 다루는 상인들이 모여 아파트 부녀회와 계약해서, 요일별로 아파트 단지를 돌며 장을 연다고 했다. 아내 옷 가게에 인도와 방글라데시 옷가지를 몇 벌 진열해 봤더니 반응이 괜찮아서 삼촌이 따로 장사를 해 보려 한다는 것이다.

"장사요? 어쩌면 아빠한테 잘 맞을 수도 있겠는데요!"

"맞아, 장사는 당신 같은 사람이 해야지. 사람 좋아하고 친절하잖아."

힘없는 목소리였지만 엄마도 한마디 보탰다.

가족들 반응이 좋으니 아빠가 의지를 불태웠다. 하지만 희망을 품고 나선 첫 장사에서 크게 실망했다. 서울의 어느 아파트 알뜰장에서 겨우 두어 벌 팔았다고 했다.

"장사가 쉬운 일이 아니네."

아빠가 힘없이 말했다.

"아빠, 아빠, 이거 해 봐요!"

라주가 한쪽 발을 쿵쿵 구르고 손뼉을 치며 "골라, 골라!" 하고 외쳤다. 라주의 활기찬 몸짓에 아빠가 피식 웃었다.

"그런 걸 어디서 배웠냐?"

"어떤 아저씨가 텔레비전에 나와서 했어. 누나는 못 봤어? 이렇게 하니까 손님들이 많이 왔대. 아빠도 한번 해 봐요."

성화에 못 이겨 마지못해 일어난 아빠가 라주를 따라 했다. 엉거주춤. 골라, 골라, 엄마도 손뼉을 치며 장단을 맞췄다. 우습기도 하고 애잔하기도 했다.

"그런데 골라 골라가 뭐라니?"

엄마가 물었다.

그것도 모르고 같이 손뼉 쳤느냐고 핀잔하면서도 라주는 '골라'가 무슨 말인지 열심히 설명했다.

시간이 지나면서 아빠는 조금씩 장사에 익숙해지고 있다고 했다.

좌절

라주는 초등학교에 입학하면서부터 친구들 다니는 태권도장에 보내 달라고 노래를 불렀다. 그러나 우리 형편에 한 달에 10만 원이나 되는 도장 비용은 부담스러웠다. 엄마는 매번 한 살 더 먹으면 보내 준다고 얼버무렸다. 시간이 흐르고 라주가 잊어버렸기를 바랐지만, 라주의 소망은 더욱 강렬해졌다. 그러나 저도 눈치가 있는지라, 맥없이 방을 차지하고 있는 아빠나 동동거리며 일 다니는 엄마에게 졸라 대서는 안 된다는 것을 잘 알았다.

처량해진 라주는 친구들이 몰려 들어간 도장 입구에 쪼그리고 앉아 안에서 다른 애들이 운동하는 모습을 부러운 눈으로 구경하곤 했다. 매일 나타나 기웃거리는 아이가 가여웠던지, 하루는 관장님이 들어오라고 손짓했다. 그 손짓에 쏜살같이 날아 들어간 라주는 그길로 그렇게나 염원하던 태권 소년이 되었다. 느닷없이 허리에 흰 띠를 매고 들어와 나불나불 자초지종을 말하는 라주는 생기가 넘쳐흘렀다.

“어머나, 그런 일이 있었어? 세상에, 이렇게 고마울 수가.”

나는 적당히 추임새를 넣으며 동생을 축하했지만 속으로는 솔직히 난감했다. 이걸 어쩐다, 원비를 다만 얼마라도 내야 하는 거 아닐까, 찾아가서 물어볼까, 괜히 양심적인 척 찾아갔다가 그 돈을 다 내라고 하면 어쩌나 하는 걱정까지……. 결국 나는 도장 근처에 얼씬도 하지 않기로 작정했다.

흰 띠에서 노란 띠로, 초록 띠에서 파란 띠로 색깔이 바뀔 때마다 라주는 띠를 들고 자랑스럽게 뛰어다녔다. 색색 띠는 버리지 않고 제 옷 서랍 한쪽에 고이 모았다. 품새를 연습한다며 기합 소리와 함께 주먹을 내지르고 발차기를 하더니, 어느 날은 품새 대회에서 상을 받았다고 자랑하기도 했다. 본래 마른 몸에 날렵한 기운이 있었는데 태권도와 함께 자라면서 더 단단한 아이가 되었다.

어쩌다 길에서 관장님이나 사범님과 마주칠 때면 나는 명랑하게 인사하는 것을 잊지 않았다. 그러면서도 돈을 내라면 어쩌나 조마조마한 마음에 얼른 달아나고 싶었다.

아빠가 장사를 시작한 지 얼마 안 됐을 때 라주가 코를 찡긋거리며 내게 다가왔다. 뭔가 부탁이 있다는 신호였다.

“누나, 12만 원 있어?”

"웬 12만 원?"

"나 태권도 승급 심사비 내야 하는데……."

"승급이 뭐야?"

"나 지금 빨강 띠잖아. 진호가 검빨강 띠 한 거 봤지? 그게 품띠거든. 그거 따려면 심사비 내야 해."

"심사받는 데 무슨 돈을 그렇게 많이 내?"

"원래는 띠 바꿀 때도 심사비 만 원씩 내야 해. 관장님이 나만 공짜로 해 준 거라고. 관장님이 이번 심사는 국기원 가서 보는 거라고, 돈 낼 수 있는지 알아보라고 했어."

"오구오구, 그래쪄요 내 동생? 알았어!"

북받치는 짠한 마음을 누르면서 나는 흔쾌히 대답했다. 까짓것, 이 누나가 준다, 줘!

그러나 돈으로도 해결할 수 없는 일이 생기고 말았다. 국기원에 승급 심사를 신청하려면 주민등록번호가 필요하다고 했다.

"주민등록번호가 뭐야, 누나? 왜 나만 그게 없어?"

라주는 한국인이 아니니 주민등록번호가 없는 것이 당연하고, 또 한국에 체류하는 외국인으로 신청하려 해도 입국 기록이 없어서 외국인임을 증명하기도 어려웠다. 출생 신고조차 못한 형편이니 더 말해 무엇하겠는가.

결국 라주는 신청에 필요한 서류를 갖출 수 없었다. 관장님이 이리저리 알아봤지만 도리가 없었다.

다른 아이들이 국기원으로 심사받으러 갈 때, 라주는 이불을 뒤집어쓰고 누웠다.

"구경이라도 가지 그랬어?"

"됐어."

라주는 입을 꾹 다물었다. 그 뒤로는 그렇게나 좋아하던 태권도장에 가지 않았다.

태권도 사건을 겪으며 아빠는 라주의 출생 신고를 미룬 것을 후회했다. 이렇게까지 늦어질 줄 모르고, 방글라데시에 돌아갈 때 하려고 했던 것이다. 서둘러 방글라데시 대사관에 라주의 출생 신고를 했지만, 그렇다고 없던 비자가 생기는 것은 아니었다.

악바리 스무 살

나는 나라와 같이 일하며 비교적 편하게 자리를 잡았다. 그런데 날이 갈수록 일이 줄어들었다. 잔업이 점점 없어지더니 어떤 날은 오후 2~3시에 작업물이 다 떨어져 퇴근하기도 했다. 이러면 곤란하다. 우리는 수당을 시급으로 쳐서 받기 때문에 잔업이 팍팍 돌아가야 돈을 번다. 투잡을 뛰어야 하나? 나라가 종알거렸다. 아줌마들 얘기를 듣자 하니 사장님이 요즘 딴 데 정신이 팔려 영업을 제대로 안 하기 때문이라고 했다.

“왜 엊그제도 그 사람 왔었잖아. 그 사람이 베트남 가서 사업하자고 자꾸 부추긴대. 베트남에서 떡볶이를 판다나 뭘 판다나. 자기 혼자서는 어렵다고 여기 사장을 자꾸 조르나 봐. 사모가 그것 때문에 골치 아픈 거 같더라고.”

마냥 뜬소문이 아니었는지, 얼마 뒤에 사장님은 베트남으로 가고 사모님이 회사를 꾸리기로 했다. 일은 자꾸만 줄어들었다.

나라와 나는 회사를 나와서 다른 일을 찾아보기로 했다. 생활 정보지를 샅샅이 뒤졌다. 한식당 주방 보조 자리가 있어서 나라와 면접을 보러 갔다. 주로 식재료를 다듬고 설거지하는 일이라고 했다. 그런데 나라는 되고 나는 안 된다고 했다.

"우리 주방은 다 트여 있어서 눈에 잘 띄는 외모는 곤란해요. 비자가 없으니까 걸리면 문제 되잖아."

눈에 잘 띄는 외모?

소름 돋게 싫은 말이었다. 너는 까매서 안 돼. 그런 말이잖아, 지금! 하지만 나라 앞에서는 내색하지 않았다. 나라라도 일을 구했으니 그걸로 만족해야지. 참자, 참자.

그즈음 아빠는 장사가 괜찮은 것 같으니 나도 같이 해 보면 어떻겠느냐고 했다. 여성 옷과 장신구가 많아서 여자가 팔면 더 나을 것이라는 이유였다. 잠깐만 돕겠다는 생각으로 따라가 보았다.

살람 삼촌이 운전을 하고 아빠가 가운데 자리, 내가 오른쪽 창가에 앉았다. 가운데 자리는 불편하니까 내가 앉으려 해도 아빠는 한사코 괜찮다며 나를 창가 쪽에 앉혔다. 아빠 마음을 모르지 않았으므로, 두어 번 실랑이 후에는 자연스레 그 순서대로 앉았다. 잠깐 돕는다는 것이 잠깐으로 끝나지 않고 점점 길어졌다.

내가 합류한 뒤로 장사가 더 커지고 파는 물건이 다양해졌다. 아빠와 살람 삼촌 둘이 장사할 때는 주로 옷을 팔았다. 그러다 내가 합류하면서 옷에 더해 가방, 지갑, 찻주전자와 찻잔, 양탄자, 슬리퍼를 비롯해 귀고리, 목걸이 같은 장신구와 장식품이 부쩍 늘었다.

헤나 염색이 조금씩 알려지면서 헤나를 찾는 사람도 생겼다. 나는 다문화 축제에서 헤나 체험 부스를 운영한 것이 떠올라 손님들에게 헤나로 그림을 그려 주었다. 엄마는 스케치북에 헤나 문양 샘플을 그려 주며 옛날 생각이 난다고 했다. 그 말을 들으니 결혼하는 신부에게 정성스레 헤나를 그려 주던 엄마 모습이 떠올랐다. 그동안 잊고 있던 모습이었다.

나는 진열에 심혈을 기울였다. 고작 장터를 도는 노점 천막에서 진열은 무슨 진열이냐고 비웃을지 모르지만 중요한 일이었다. 아무리 노점이라도 물건이 예뻐 보여야 사람들이 한 번 더 쳐다볼 테니까 말이다. 물건을 떼어 올 때도 내가 직접 골랐다. 한국 사람들 취향에 맞을 만한 것을 찾고 색상과 디자인, 마감을 꼼꼼하게 살폈다.

장신구도 잘 팔렸다. 처음에는 쟁반에 검은 천을 깔고 장신구를 올려놨는데, 매번 일일이 꺼내 진열하기가 번거로워 품목에서 뺄까 싶었다. 그러다가 어느 행사장에서 장사하는 페루 아줌마를 보니까 나무로 넓은 함을 만들어 아래위에 스펀지를 붙이고 검은 천으로 덮은 다음 장신구를 꽂아서 진열해 팔고 있었다. 나무 함을 열기만 하면 진열이 끝나는 셈이었다. 나도 그대로 따라 했다. 역시, 사람은 끊임없이 배워야 한다.

내가 물건을 파니 젊은 여성들이 쉽게 다가왔다. 착용한 것을 달라는 손님도 가끔 있어서, 나는 그날 주력할 상품을 온몸에 두르고 매대 앞에 서기 시작했다. 내가 장사에 꽤 소질이 있는 것 같았다.

우리는 전국 곳곳에서 열리는 오일장과 아파트 알뜰장에 들어갔다. 김포, 강화, 양평, 가평, 설악, 유성, 괴산, 음성, 옥천, 남원, 고창……. 전국 방방곡곡 안 가 본 장이 없을 정도로 부지런히 돌아다녔다. 일정에 맞춰 며칠씩 이 장에서 저 장으로 옮겨 다녔다.

숙박비를 아끼려고 숙소는 제일 싼 여관을 골랐다. 여관은 대충 견딜 만했지만 더러운 이불이 걸리면 참기가 힘들었다. 어떤 때는 눈으로는 보이지 않는 벌레가 방에 바글거리는지 가려워서 잠을 설치기도 했다. 나름 요령이 생긴 뒤로는 커다란 수건을 몇 장씩 갖고 다니며 요 위에 깔았다.

내 다이어리에는 전국 장 일정과 싸고 깨끗한 여관 목록이 빼곡하게 들어앉았다. 음식이 괜찮은 식당도 적어 놨다.

맛집을 찾아다닐 형편은 안 되지만 그래도 골라 먹으려고 노력했다. 돼지고기를 피하자니 온통 설렁탕에 육개장, 소머리국밥 집이었다. 전국 장을 한 바퀴 돈 뒤에는 그럭저럭 정보가 쌓이고 일에 체계가 잡혔다.

나는 대개 싹싹하다고 칭찬받았지만 가끔 욕도 먹었다. 우리 가게에 손님이 많아지면서 시샘하며 텃세를 부리는 이들이 생겨났기 때문이다. 처음엔 당황해서 먼저 고개를 숙였지만, 경험이 쌓이자 경우 없이 구는 이들에게는 적절히 대응해 줘야 한다는 것을 깨달았다. 무시의 싹이 올라올 때 얼른 잘라야 더 큰 무시를 막을 수 있었다. 외국 것들, 외국 새끼들, 외국 연놈들, 외국인 계집애 소리를 듣고도 그냥 넘어가면 나중에 더 잔인한 말이 날아올 것이 뻔했다.

한번은 가마솥을 걸어 놓고 육개장과 선짓국을 파는 옆 천막 사장과 시비가 붙은 적이 있다. 우리가 먼저 도착해서 천막을 펴고 있는데, 그 사장이 뒤늦게 도착해서는 대뜸 투덜거렸다. 우리 천막이 자기 자리를 침범했다는 거였다. 상인들끼리 자리다툼이 잦기 때문에 우리는 지정받은 자리를 잘 지키려고 신경 썼는데, 아무리 신경 쓰고 노력해도 억지 부리는 사람은 나타나게 마련이었다. 이번에도 당연히 상대방의 억지였지만 우리는 아무 말 않고 천막을 옆으로 옮겨 줬다. 그랬는데도 육개장 사장은 연신 씨펄 씨펄 하더니 기어이 그 말을 내뱉고야 말았다.

"씨부럴, 외국 것들이 왜 여기까지 와서 장사를 한다고 지랄이여, 지랄이! 재수 없게 왜 내 옆에 딱 붙어서! "

와장창! 애써 지켜 온 평화가 깨지고 말았다.

"뭐요? 재수 없다고요, 아저씨? 우리가 외국인이라고 얕잡아 보는 거예요? 우리도 낼 거 다 내고 장사하는 거예욧!"

"아니, 어린년이 어디서 말대답이야, 말대답이!"

"어린년은 말도 못 해요?"

"허, 이 외국 년이 어디 남의 나라에 와서 큰소리여, 큰소리가! 네가 지금 대한민국을 쫄로 보냐? 너 이년 불법이지, 불법?"

육개장이 손을 쳐들고 나를 후려치려 했다. 나는 악에 받쳤다. 내 눈에 독기가 차오르는 게 느껴졌다. 이제 체면이고 품위고 다 필요 없었다.

"쳐라, 쳐! 쳐! 너 죽고 나 죽자!"

육개장 사장이 높이 쳐든 손바닥을 향해 내가 머리를 들이밀려는 순간, 아빠와 살람 삼촌이 막아서고 청과물, 분식 사장님까지 달려왔다. 평소 나를 예뻐하는 분들이다. 아빠는 몸부림치는 나를 끌어안았다. 북받치는 설움과 분노를 이기지 못하고 울음이 터져 나왔다. 내 악다구니에 내가 서러웠다. 하지만 악을 쓰지 않으면 더 짓밟힌다. 그 뒤로도 크고 작은 실랑이가 있을 때마다, 나는 지지 않으려고 점점 더 기를 썼다.

아빠는 걱정했다.

"그만해라. 그러다 누가 신고라도 하면 어쩌려고 그래."

그 걱정이 내게는 비겁하게 들렸다. 입 밖으로는 꺼내지 못하고 속에서 울화가 터졌다.

'걱정되면 아빠가 나서면 되잖아. 아빠가 가만있으니까 내가 싸움닭이 되는 거잖아. 비자도 없는 년이 먹고살려고 이렇게 악바리가 되고 있잖아!'

아빠를 향한 원망이 꾸역꾸역 올라오면 나도 모르게 아빠 등을 노려보았다. 그런 내가 싫었다. 이도 저도 다 때려치우고 그냥 콱 죽어 버릴까 싶기도 했다.

그렇게 힘겹게 버티며 장사에 재미를 붙여 가는데, 살람 삼촌이 느닷없이 장사를 접겠다고 했다. 아내가 매장을 내게 되어 거기로 장사를 합친다고 했다. 또 날벼락이었다. 살람 삼촌과 트럭이 없으면 우리는 장사고 뭐고 아무것도 못한다. 우리는 트럭도 없고 운전도 할 수 없다. 가게를 낼 처지도 못 되니 우리는 졸지에 장사를 멈출 수밖에 없었다. 아빠는 빠르게 체념했고, 빠르게 다시 동굴 속에 들어앉았다.

예쁜 장신구를 팔며
나는 차별과 무시에 대응하는 법을 배웠다.

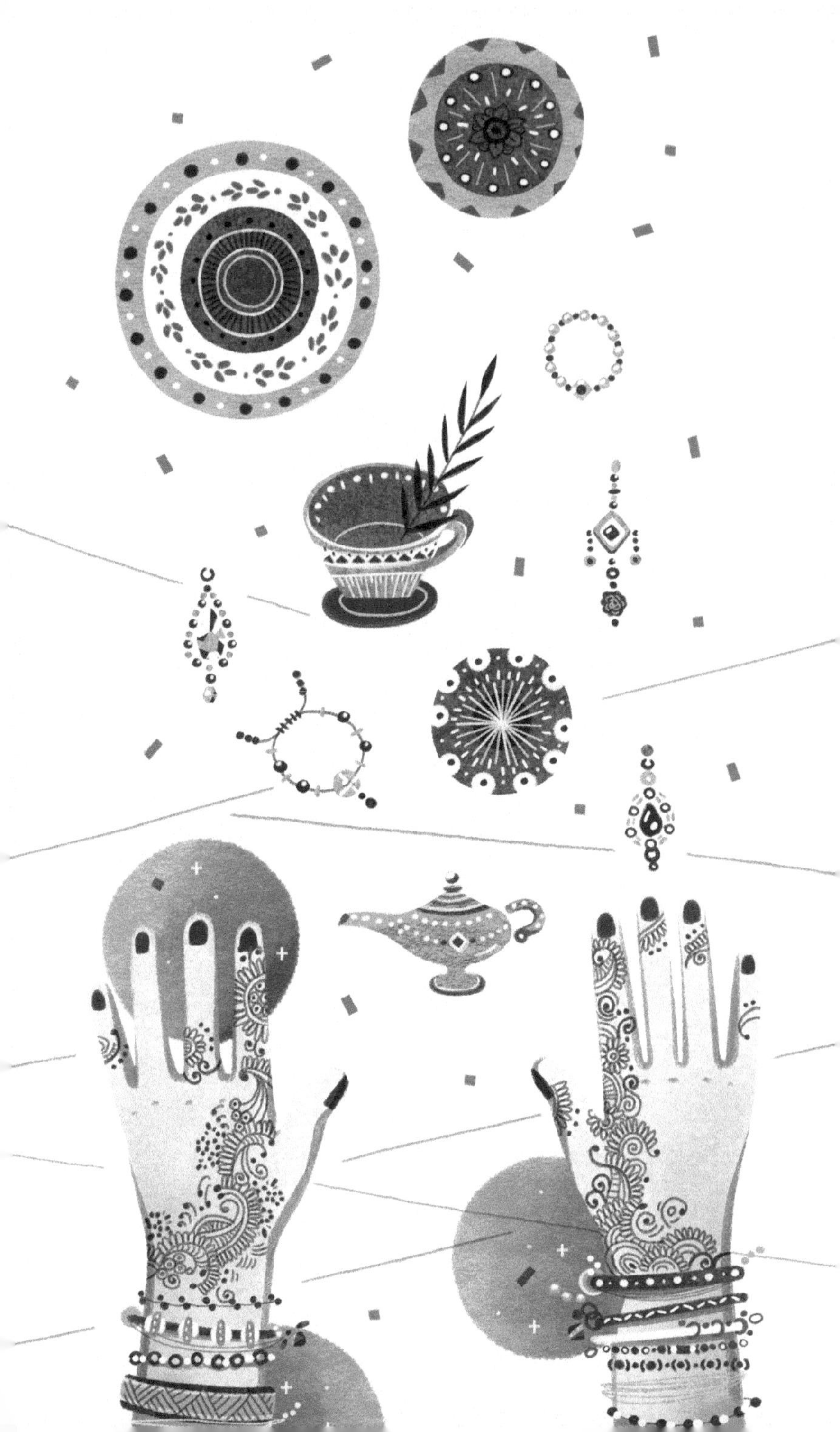

나 역시 허탈감과 무기력에 빠져 한동안 빈둥거렸다. 무엇을 해야 먹고살 수 있을까, 단지 그 걱정만이 머릿속을 맴돌았다.

골목을 배회하다 중학교 동창 정화를 만났다. 맑은 얼굴에 샤랄라 날아갈 듯한 옷차림이었다. 중학교 다닐 때까지는 그런대로 친하게 지냈지만 요즘은 서로 연락할 일이 없었다. 그래도 한동네에 사니까 가끔 길에서 만나면 짧은 대화를 나누곤 했다. 어디 가? 영어 학원, 스펙 쌓으려면 꼭 어학연수를 가야 한대나, 내년에 가려고. 대학 1학년생인 정화는 가벼운 발걸음으로 버스 정류장으로 향했다.

스펙이 뭐야? 중얼거리며 나는 구인 광고가 다닥다닥 붙어 있는 전신주에 눈을 박았다. 어느덧 나는 스무 살을 건너가고 있었다.

나라의 연애

내가 장사하러 다니는 동안 나라는 닭갈비집에서 일했다. 처음에는 외국인이라고 주방 일만 시키던 사장이 나라의 진가를 알아보고 홀로 진출시켰다. 유들유들 상냥하고 손이 빠른 나라는 서빙에 제격이었다.

나라가 마음에 든 사장은 나라에게 대학생인 자기 조카 신분을 빌려줬다. 손님들이 식사비를 거의 다 카드로 지불해서 매출이 드러나기 때문에, 인건비를 정식으로 지출하지 않으면 세금을 많이 내야 한다고 했다. 4대보험에도 들었지만 그 역시 조카 명의여서 나라가 혜택을 볼 수는 없었다.

"다른 건 다 필요 없는데, 건강보험은 좀 아까워. 이왕 빌려주는 김에 신분증까지 빌려 달라고 할까?"

혀를 쏙 내밀고 귀엽게 말하는 나라가 가여웠다. 나는 진지한 얼굴로 고개를 끄덕였다. 물론 불가능한 일이고, 설사 가능하더라도 그래선 안 된다는 것을 잘 알았다. 나라는 식당 일을 하면서 요리에 관심이 생겨 조리사 자격증을 따고 싶어 했지만, 그 또한 신분증 없이는 불가능했다. 모든 가능성의 문은 우리 앞에서 굳게 닫혀 버렸다.

나라는 그 닭갈비집에서 뭉크를 만났다. 뭉크는 몽골인 유학생이었다. 한국인 친구 여럿과 어울려 온 손님이었는데, 그 사람이 유난히 빛났다고 했다. 그런데 친구들이 그 사람을 뭉크, 뭉크 하고 부르더란다! 그 소리에 나라는 귀가 활짝 열렸다. 몽골 사람이다! 나라 주변에도 몽골 사람들이 많이 있지만, 그렇게 밝고 젊은 사람은 없었다. 나라는 자기가 몽골 사람이라고 밝히지 않았다. 다만 주방 이모에게 부탁해 서비스를 듬뿍 줌으로써 환대했다. 뭉크를 포함한 일행은 금세 단골이 되었다.

몇 달을 손님으로 대하다가 나라는 뭉크에게 한국어를 가르쳐 주겠다고 했다. 그 무렵 뭉크는 어학 과정을 마치고 건축학과 학부 과정에 진학했지만 한국어가 달려서 고생하던 중이었다.

한국어 배우기 데이트를 시작한 첫날, 나라는 몽골말로 말했다.

"비 몽골 훈(나 몽골 사람이야)."

뭉크는 입이 떡 벌어지며 놀랐지만, 이미 나라에게 호감을 품고 있었기에 그 만남은 꾸준히 이어졌다.

그러나 오뜨마 아줌마는 결사반대였다.

"왜 하필 몽골 남자야!"

"그럼 몽골 여자가 몽골 남자 안 만나면 누굴 만나?"

"걔는 비자 있는 애야?"

"학생이야."

"학생이고 뭐고 안 돼. 한국 남자 만나라고!"

"한국 남자가 나 같은 불법을 왜 만나?"

"그러지 말고 다시 생각해 봐, 제발!"

오뜨마 아줌마는 단호하고 간절했다. 나는 아줌마 마음을 이해할 수 있었다. 나라가 한국에서 안정적으로 살려면 한국 남자가 필요했다. 그래야 비자 문제를 해결할 수 있었다. 우리 엄마도 저럴까, 잠시 생각해 봤지만 아무런 상상도 떠오르지 않았다.

"사람 만나는 일이 사탕 골라 먹는 것처럼 간단한 게 아니잖아. 어떻게 나한테 필요한 사람만 내 맘대로 골라서 만나?"

아줌마가 펄펄 뛰며 나라와 한바탕 하고 간 뒤, 나라는 사탕을 까먹으며 말했다.

그 난리를 치고도 나라는 평온해 보였다. 그러고는 얼마 후 뭉크와 살림을 합쳤다. 계속 학교 기숙사에서 지내기 어려워진 뭉크가 안돼 보여 나라가 먼저 제안한 모양이었다. 오뜨마 아줌마가 모텔에서 숙식하며 일한 지 오래라 나라는 혼자 살다시피 하고 있었다.

아줌마는 두 사람이 같이 산다는 것을 알고 한 번 더 펄펄 뛰었지만, 달리 막을 방법이 없었다. 그렇다고 뭉크를 받아 주지도 않았다. 부모님이 보내 주던 학비가 끊겨 뭉크가 더는 학교에 다닐 수 없게 된 뒤로는 아예 사람 취급도 하지 않았다. 비자마저 없다면 그놈이 어떻게 나라를 '불법'의 구덩이에서 꺼내 주겠느냐는 이유에서였다. 아줌마가 '불법'을 그렇게 무서워하는 줄 그때 처음 알았다.

오뜨마 아줌마의 걱정과 한숨에도 아랑곳 않고 두 사람은 꽤 재미나게 살았다. 내가 밀려난 느낌이 들어 섭섭할 때도 많았다. 칫, 발랑 까져 가지고. 내가 투덜거리면 나라는 혀를 날름하며 꼭 이렇게 대꾸했다.

"너도 남친 만들든가."

헐, 남친 같은 소리! 그런 생각만 해도 나는 숨이 턱 막혔다. 내가 보게 되는 우리 나라 남자는 거의 삼촌뻘이어서 싫고, 그렇다면 한국 남자? 학교 친구들은 너무 애들이고, 공장 다니거나 장사할 때 만났던 남자들은 다 나이 든 사람들이다. 아니, 너무 늙었다. 그뿐인가. 이슬람의 딸이 한국 남자를 만나려면 넘어야 할 산이 몇 개인지 모른다.

아빠만 해도 내가 한국 남자와 멋대로 연애할까 봐 매일 걱정이다. 아빠는 어디 산골짜기 바위틈에 무슬림 사위라도 숨겨 둔 것처럼 군다. 내 배우자가 당연히 무슬림이어야 한다니, 이건 진짜 말도 안 되는 소리다. 삼겹살에 술을 그렇게 좋아하면서 점점 더 무슬림 타령이다. 결혼은 당연히 부모가 맺어 주는 사람과 해야 한단다. 방글라데시에도 연애결혼이 얼마나 많은데, 어떻게 아직까지 그런 생각을 하고 있담? 정말 신기하다. 더구나 한국에서 20년이나 산 사람이 말이다.

나는 고구마를 100개는 먹은 듯한 이 답답함을 확 날려 줄 만큼 멋진 사람을 만나면 좋겠다고 생각했다. 하지만 그런 사람이 쉽게 눈에 띌 리 없다. 나라가 나더러 애늙은이 같은 년이라고 놀릴 때 “나는 연애고 뭐고 다 귀찮아!”라고 말했지만, 사실 속으로는 그래도 방글라데시 사람을 만나는 것이 낫겠다는 생각을 하기도 했다.

그래도 혹시 한국 사람과 결혼한다면 비자 문제를 해결하는 데 큰 도움이 되겠지? 그렇지만 고등학교도 졸업하지 못한 내 처지를 이해해 줄까? 한국 애들은 거의 다 대학에 갔는데……. 외국인이고 또 피부색은……. 아, 비자도 없지…….

에잇! 그냥 생각을 말아야지. 그러니까 방글라데시 남자가 좋겠어. 엎치락뒤치락 마음속에서 온갖 상상이 다 피고 졌다. 그러다 상상에서 깨어나 현실로 돌아와서 내리는 결론은 늘 같았다. 남자 친구? 아, 귀찮아!

그나저나 뭉크 어머니는 꽤나 자상한 사람인 듯했다. 나라에게 이걸 입고 사진 찍어 보내라며 델(몽골 옷)을 보내는가 하면, 단지 보고 싶다는 말을 하려고 전화도 가끔 했다. 그러는 제 시어머니가 귀엽다고 나라는 천연덕스럽게 말했다. 아빠가 돌아가신 뒤로 오빠와 소원해지면서 몽골과의 연결 고리가 다 끊어졌던 나라는 뭉크 덕분에 다시 몽골과 이어지고 있었다. 뭉크는 이삿짐 나르는 일을 시작했다.

나쁜 년

여름이 다가올 무렵의 어느 일요일 아침, 창밖에서 들려오는 소란스러운 소리에 잠이 깼다. 여자들 목소리가 앙칼졌다. 창문을 열어 보니 좁은 골목길에서 어떤 여자 둘이 조그만 수니 아줌마 머리채를 움켜잡고 때리고 있었다. 남자 두 명이 더 있었는데 그중 하나는 린 언니의 남편이었다. 모두 한국인이었다. 수니 아줌마는 자다 말고 끌려 나왔는지 파자마 차림에 맨발이었다.

"이 늙은 년이 린을 어디로 빼돌린 거야. 린 어딨어? 엉? 린, 이 나쁜 년 어디 갔어?"

"네가 어디로 보냈지?"

"이년, 얼른 말해. 린 어딨어?"

"린이랑 한통속이야. 다 잡아 처넣어야 돼!"

젊은 여자, 나이 든 여자가 번갈아 가며 악을 썼다.

"이거 놔. 린 어딨어. 몰라."

수니 아줌마가 일그러진 얼굴로 말했다.

"야야, 그 손은 놓고 얘기해라."

나이 든 남자가 거드는 것인지 말리는 것인지 모를 말을 했다. 린 언니의 남편은 한 발짝 떨어져 어정쩡하게 서 있었다. 쩔쩔매는 표정이 여차하면 도망이라도 갈 모양새였다.

소란이 길어지자 이 집 저 집 창문이 열렸다. 나는 골목으로 뛰쳐나갔다. 나라도 막 대문을 나오고 있었다. 눈이 마주쳤지만 아는 체할 겨를은 없었다. 누가 먼저랄 것 없이 달려가 수니 아줌마 머리채에 달라붙은 손가락을 야무지게 움켜쥐었다. 이년들은 또 뭐야, 날카로운 목소리가 울리는 순간, 수니 아줌마가 세 들어 사는 주인집 할머니도 나오며 소리쳤다.

"남의 집 앞에서 뭣들 하는 거요!"

그 할머니는 원체 목소리가 크고 경우가 바른 분이다. 젊을 때 일본에서 살다 왔다고 우리는 일본 할머니라 불렀다.

"참견 마세요. 그럴 일이 있어요!"

거침없는 대꾸가 돌아오자 할머니는 목소리를 높였다.

"그 손 못 놔요? 아침부터 이게 무슨 패악질이야!"

일본 할머니까지 끼어들어 머리채에서 손을 떼어 내려니 실랑이가 커졌다. 마침 골목길로 들어서던 수니 아줌마의 남편이 부리나케 달려왔다. 운동 삼아 산에라도 다녀오는 길이었나 보다. 손에 든 물병을 길바닥에 내던지고 여자 팔

뚝을 잡아챘다.

"경찰 불러, 경찰!"

일본 할머니가 소리치자 그제야 여자가 손을 놓았다. 할머니가 신고한다고 겁을 줘 가며 여자를 어르자 여자는 볼멘소리로 말했다.

"그년이 집에 다녀온대서 아버지가 비행기표까지 사서 보냈어요. 애들도 같이 갔어요. 한 달 있다가 온다기에 아버지가 공항에 마중 나갔는데 아무리 기다려도 안 나오는 거예요. 항공사에 물어보니 비행기 탄 적도 없대요. 휴대폰은 꺼져 있고, 이년이 도망간 게 틀림없어요!"

부끄러움도 모르는 사람들이었다.

일본 할머니는 이런다고 제 발로 나간 사람이 돌아오겠느냐고, 진정하고 기다려 보라고 했다. 할머니는 여전히 날뛰는 젊은 여자는 제쳐 두고 나이 든 사람들을 타일렀다. 말을 알아들은 것인지 나이 든 남자가 식구들을 데리고 린 언니가 없는 린 언니의 집으로 줄줄이 들어갔다. 골목이 다시 조용해졌다. 골목 사람들은 입을 삐죽이며 그 집을 흘겨보았다.

큰길가에서 베트남 식당을 하는 수니 아줌마는 린 언니와 아이들을 가엽게 여겨서 자주 데려다 밥을 먹였다. 그 죄로 영문도 모른 채 머리끄덩이를 잡힌 것이다. 일본 할머니는 수니 아줌마를 다독여 집에 들여보냈다.

"썩을 인종들 같으니라고."

나는 할머니 혼잣말을 들으며 린 언니를 생각했다.

린 언니는 영호, 영주 남매를 둔 베트남 사람이다. 린 언니의 사정을 아는 사람들은 항상 조마조마했다. 열아홉 살에 한국 남자와 결혼해서 한국에 온 언니는 우리 골목 끝 집에 살았다. 이사 들어올 때 봤지만 하도 조용히 지내서 잊고 있다가, 큰아이 영호를 가져서 배가 불러 올 즈음 가까운 사이가 됐다.

그 무렵 나는 사고 당한 아빠를 돌보느라 집에 매여 있어서 무료하고 사람이 그리운 참이었다. 나보다 겨우 두 살 많은 사람이 결혼해서 배까지 불렀다는 게 신기했다. 언니는 나와 친해지면서 한국어 공부가 재미있어졌다고 했다.

"언니, 얘 한국어도 내가 가르쳤잖아."

린 언니를 궁금해하던 나라까지 뭉쳐서 셋은 한동안 수다 트리오로 지냈다.

한국에서 지낸 몇 년 사이에 린 언니는 갖은 우여곡절을 겪었다. 베트남에서는 어릴 적부터 아버지가 아파 엄마 혼자 농사지어 먹고사느라 고생을 많이 했다. 6남매 중 맏딸인 언니는 초등학교도 다 마치지 못하고 엄마 따라 농사를 지었다고 한다. 그러다 한국 남자와 결혼했다. 가난에서 벗어날 방법은 그것밖에 없었다.

맞선 자리에 나온 남편은 젊고 인상이 얌전한 사람이었는데, 작은 회사를 운영한다고 소개받았다. 그 이상은 알지도 못한 채 떠밀리듯 식을 올리고 첫날밤을 치른 뒤 몇 달 뒤에 한국으로 왔다. 신혼살림을 시작했는데, 남편이 너무 어린 애 같아서 이상하다는 생각이 들었다. 남편은 밤마다 안아 달라 보챘다. 한국말을 알아듣지는 못해도 남편 말하는 품이 여물지 못하다는 느낌이 들었다.

"언니가 속았구나? 회사를 운영해, 저 아저씨가?"

나라가 눈에 불을 켰다.

"대박! 그럼 거짓말을 하고 결혼한 거야?"

나도 속이 터졌다.

영호 아빠는 입 다물고 가만히 있으면 호감 가는 외모였다. 하지만 말을 들어 보면 발달장애가 있다는 것을 금세 알 수 있었다. 그걸 왜 몰랐을까!

한국에 오고 일주일이 지나자 형님, 말하자면 린 언니의 손위 시누이가 언니를 공장으로 불러 일을 시켰다. 남편도 거기서 일하고 있었다. 하라는 대로 했지만 한 달, 두 달이 지나도 돈은 주지 않았다.

언니가 형님에게 돈을 달라 하자 기막힌 대답이 돌아왔다.

"돈? 너 데려오느라 1800만 원 들었으니 네가 일해서 갚아야지!"

형님은 자기 동생 결혼시키는 데 들어간 돈을 린 언니에게 갚으라고 했다. 그 말에 언니가 발끈하자 형님은 언니를 때리고 꼬집었다.

아내가 맞고 구박받는 모습을 남편이라는 작자는 웃으며 구경했다. 남편은 자립 능력도 없었다. 돈 관리도 스스로 못해 누나에게 받은 월급을 모두 제 엄마한테 맡겼다. 시어머니는 언니가 돈을 펑펑 다 쓴다며 굶어 죽지 않을 만큼만 돈을 주었다.

"언니, 냉장고에 왜 이렇게 먹을 게 없어?"

"없어. 돈 없어. 어떻게 사?"

린 언니는 두 아이를 키우면서 냉장고에 우유조차 넣어 두지 못하고 살았다. 언니가 보여 주는 지갑에는 언제나 몇천 원, 몇백 원뿐이었다. 가끔 내가 우유나 치킨을 사 주기도 했다. 쌀이 똑 떨어질 때도 있었다. 아이들은 제대로 먹지 못해 그런지 발육이 늦었다. 두 아이는 빼빼 말라서 머리만 커다랬다.

영호를 갖기 전에 언니는 아프다고 거짓말을 하고 다른 공장에 일하러 간 적이 있다고 했다. 그 얘기를 할 때 언니 눈이 반짝였다. 남편이 출근하면 집에서 나가 알바를 뛰고,

남편이 집에 오기 전에 다시 돌아와 누워서 아픈 척했다. 몇만 원이라도 손에 쥐어 보려는 초특급 작전이었는데, 갑자기 영특해진 남편에게 걸려 형님네 공장까지 질질 끌려가고 말았다.

수다 트리오가 남편에게 언니 여권이 어디 있는지 물었을 때, 남편은 이렇게 말했다.

"얘는 여권 주면 도망가요. 돈 주면 애들까지 버리고 도망가요."

제 누나와 엄마에게 들은 소리를 그대로 옮겨 말할 뿐이라고 했다.

언니가 불쌍했다. 동네 사람들도 언니를 측은하게 여겼다. 남편이 지나가면 눈이 찢어져라 흘겨봤다.

수다 트리오는 작당하듯 모여서 해결 방법을 찾았지만 뾰족한 수가 없었다. 린 언니가 남편과 헤어진다면 비자를 연장할 수 없을 것이다. 결혼해서 온 외국인 여자들은 남편과 결혼 생활을 이어 가야만 비자를 연장할 수 있다고 했다.

"잡혀가면 어떡해? 무서워."

비자 없는 생활이 익숙한 우리와 달리 언니는 비자가 사라지는 것을 두려워했다.

그러나 두려움은 길지 않았다. 아이들이 배고파하는 것을 더는 참지 못한 언니는 월급 주지 않으면 일을 안 하겠다고 버텨 시누이와 담판을 지었다. "나 이제 돈 받는다."라고 말하며 언니가 방그레 웃었다.

반년간 악착스레 돈을 모은 언니는 남편을 어르고 달래 아이들 여권을 만들었다. 언니는 남편을 앞세우고 아이들과 함께 베트남으로 갔다. 친정은 베트남 사람이라도 외지인은 찾아가기 어려울 만큼 깊은 산골에 있다고 했다. 언니는 일 주일 만에 남편을 한국으로 보내면서, 자신은 아이들과 한 달 더 지내다 오겠다고 했다.

"너나 애들이나 왜 이렇게 야위었니? 거기는 부자 나라 아니냐? 잘살고 싶어서 거기 간 거 아니었어?"

딸과 손주들 몰골에 가슴이 미어진 엄마가 질문을 쏟아냈다. 엄마 앞에서 언니는 아무것도 숨기지 못했다. 엄마는 언니 이야기를 듣고 밤새 눈물을 흘렸다고 한다.

"여기서 애들 키우고 살자. 몸이 고생스러워도 마음 편한 게 최고 아니냐. 다시 가겠다고? 아서라, 그 독한 나라에 뭐하러 또 가려고 그래. 돈 벌어 올 테니 아이들 키워 달라고? 꼭 그래야겠니? 안 가면 안 되겠어?"

간신히 엄마를 설득해 아이들을 맡기고 혼자 한국으로 온 린 언니는 시집 식구들 몰래 멀리 숨었다. 수니 아줌마가 머리채를 잡히고도 한참이 지나도록 우리는 언니 소식을 듣지 못했다. 그러다 언니 연락을 받고 안산까지 달려가 다시 뭉친 수다 트리오는 자초지종을 들으며 같이 울고 같이 웃었다.

린 언니는 남편과 함께 비자와 배고픔도 버렸다고 했다. 언제가 될지 모르지만 잡힐 때까지 돈을 벌어서 베트남에서 아이들 잘 먹이며 살고 싶다고 했다. 언니가 휴대폰을 열어 보여 준 사진에는 살이 포동포동 오른 아이들이 병아리를 품고 앉아 함박웃음을 짓고 있었다.

수니 아줌마

베트남 식당을 하는 수니 아줌마는 오래전에 일하러 왔다가 같은 공장에서 만난 한국 남자가 하도 끈질기게 졸라 대는 통에 귀찮아서 결혼했다고 한다. 제법 산다고 해서 살러 들어갔더니 '개털'이었다며 아줌마는 웃었다.

아줌마가 식당을 열던 2007년에는 외국인이 운영하는 식당이나 가게가 별로 없었다. 그보다 몇 년 전까지는 그런 식당과 가게가 꽤 많았다. 그러다가 2003년 11월에 대대적인 '불법체류자' 단속이 벌어졌는데, 가게 주인들 대부분이 비자가 없어서 그때 많이들 문을 닫았다.

그 탓에 한동안 우리 가족은 할랄 식재료는커녕 마살라조차 사기가 힘들었다. 행복동보다 외국인이 더 많이 사는 안산 같은 곳에는 워낙 큰 식당이나 식재료상이 많아서 괜찮았다는데, 유독 우리 동네에서는 가게가 다 사라져 여간 힘들지 않았다. 다행히 한국인과 필리핀인 부부가 운영하는 필리핀 가게에서 마살라를 팔았지만 물건이 떨어질 때가 많았다. 나중에 한국인과 파키스탄인 부부가 할랄 가게를 새로 내서 식재료를 다시 살 수 있었다. 몇 년 사이 국제결혼을 한 이들이 동네 식당과 식재료상을 접수했다.

수니 아줌마는 베트남 사람이 막 늘어나던 시기에 식당을 열었다. 처음에는 식당만 하겠다고 했는데 차츰 쌀국수, 라면, 간장, 양념 같은 것도 들여놓았다. 식재료를 사다 집에서 자기네 음식을 해 먹으려는 사람이 많아졌기 때문이다. 더 지나자 고기에 생선에 갖가지 채소까지 팔았다. 농촌에 사는 결혼 이주민 여성들이 자기 나라에서 가져온 채소 씨앗을 키워 식당과 식재료 가게에 팔았다.

사람이 많아지니 저절로 분업과 협업이 이루어졌다. 덩달아 한국인이 운영하는 과일 가게, 채소 가게, 정육점에서도 이주민들이 원하는 상품을 내놓기 시작했다. 전에는 구하기 힘들던 고수, 공심채, 껍질콩이나 코코넛, 두리안 같은 것도 흔해졌다. 이주민이 많아지고 구매력이 생기니 자연스레 변화가 이어졌다.

수니 아줌마는 외국인이 운영하는 가게가 거의 사라진 우리 동네에서 뚝심 있게 버텨 외국인 가게들이 다시 들어설 수 있게 한 장본인이다. 인정은 또 어찌나 많은지 주변 사람들을 두루 잘 챙겼다. 배고픈 사람이 있으면 밥을 거저 먹이고, 엄마가 늦게까지 일하는 집 아이들은 가게에서 저녁까지 놀게 했다.

우리 동네뿐 아니라 행복동에 베트남 여성이 결혼해 새로 들어오면 반드시 수니 아줌마네를 찾았다. 처음에는 혼자 찾아올 수 없으니 남편을 앞세워 오는데, 한두 번 들른 뒤에는 혼자들 와서 모여 앉았다. 여자들은 식당에 모여 고향 음식을 먹고 고향 말로 수다 떨고 갖가지 정보를 수집했다. 행복한 사람은 자랑하러, 속상한 사람은 하소연하러, 매 맞는 사람은 도움을 청하러 왔다.

언젠가 출입국 단속반이 불시에 식당으로 쳐들어와서 밥 먹던 손님을 잡아간 일이 있었다. 죽자 사자 단속반을 밀어내던 아줌마는 힘이 달리자 프라이팬으로 단속반 머리를 후려치기도 했다.

가게를 열 때만 해도 수니 아줌마는 한국어가 서툴렀는데, 고향 동생들을 챙기려고 애쓰다 보니 한국어가 쑥 늘었다. 아줌마는 베트남 여성과 한국인 남편, 시부모 사이에 끼어 통역을 했고, 문제가 풀리지 않으면 경찰서나 법원에 데려갔다. 그러다 보니 식당으로 찾아와 시비 거는 사람도 많았다. 린 언니네 시누이도 식당에서 억지를 쓰다 집까지 찾아와 행패를 부린 것이다. 수니 아줌마는 린 언니가 어디서 어떻게 지내는지 알고 있었지만 끝까지 말하지 않았다.

실명 인증

나는 주야간 맞교대 일을 시작했다. 혼자 버는 돈으로 가족 네 명이 살아야 하니 야간 일이 실속 있었다. 내가 낮에 자는 동안 엄마 아빠는 숨도 안 쉬는 듯 조용했다. 달그락대는 소리에 내가 깰까 봐 부업도 방에서 문을 꼭 닫고 했다.

나는 어린 시절을 자주 떠올렸다. 낮에 잠자는 아빠가 깰까 봐 학교가 끝나고 놀이터에 앉아 있던 것, 나라와 친해진 덕분에 나라 집에서 시간을 보낼 수 있어 좋았던 것, 아빠도 이렇게 힘들었을 텐데 아무 내색 않고 당연한 듯이 야간 일을 해 왔다는 것까지. 내가 해 보니까 알게 됐다. 야간 일이 얼마나 사람을 갉아먹는지. 낮에 자는 잠은 잠이 아니었다. 그래도 버텨 보기로 했다. 나는 젊으니까.

수술 후에 엄마는 눈에 띄게 쇠약해졌다. 회사에 다니기는 무리여서 다시 부업을 했다. 엄마가 가져온 부업 일감은 15년 전과 별 차이가 없었다. 엄마는 또 색색깔 전선을 끼웠다. "야, 너 반갑다!" 내 입에서 절로 인사가 나왔다. 오래 앉아 있기 힘든 엄마는 일거리를 싱크대에 올려놓고 서서 일했다. 아빠도 말없이 전선을 끼웠다. 손이 불편하니 속도가 느렸지만 그래도 꾸준히 끼워 넣었다. 같이 일하면서도 엄마와 아빠는 서로 말을 나누지 않았다.

라주는 중학생이 되면서 하루가 다르게 키가 자랐다. 나라는 라주가 '거의 모델'이라고 평했다.

"왜 모델이 아니고 거의 모델이야?"

"아이, 얘는. 더 커야지. 얼굴도 아직은 얼라잖아."

국기원 사건 이후 말수가 줄어든 라주는 중학생이 되고서도 변하지 않았다. 녀석 비위 맞춰 주려고 나는 입학 선물이라며 선불폰을 사 줬다. 전화 요금은 한 달에 2만 원만 쓰기로 약속했다.

하루는 녀석이 학교 마치고 늦게까지 쏘다니다 오더니 휴대폰을 들고 와이파이도 없는 집에서 인터넷으로 뭔가를 하고 있었다.

"뭐 하냐? 요금 다 닳으면 어쩌려고."

"지금 가입해야 돼. 1365."

"봉사 활동 사이트? 그거 실명 인증해야 해서 우리는 못 하는데……."

"나도 지금 알았어. 해 보니까 안 되네."

내가 뭐라고 더 말하기도 전에 라주는 휴대폰을 툭 던지고 쌩하니 돌아누웠다. 등짝에서 뭔가 쓰라린 느낌이 배어났다.

"못 하는 일 앞으로도 쌔고 쌨어. 그렇게 하나하나 상처받으면 너 못 살아."

위로인지 푸념인지 아니면 체념인지, 말하면서 나는 목이 메었다.

도대체 왜 이러고들 사는 거야, 녀석의 혼잣말이 들렸다.

사춘기에 접어든 라주에게 방을 주려고 나는 엄마 방으로 옮겼다. 아빠는 싱크대 앞에 자리를 펴고 누웠다. 자기한테 그렇게 마음 써 주는 가족에게 녀석은 빈말이라도 고맙다는 인사 한마디가 없었다.

"저놈은 대체 무슨 생각을 하고 사는지 모르겠어."

나는 가끔 나라 앞에서 투덜거렸다.

그러던 어느 날, 라주가 느닷없이 말했다. 변성기 특유의 갈라지는 목소리로.

"학교 그만둘까?"

"뭐? 장난하냐, 지금?"

"장난 아니거든."

"갑자기 왜 그래?"

눈을 가늘게 뜨고 조사하듯 덤비는 내 시선을 라주는 못마땅한 표정으로 피했다.

“아빠는 다치고, 엄마는 아프고, 누나 혼자 죽을 듯이 일하는데 나더러 어쩌라고?”

“아빠 다친 게 어제오늘 일이야? 너는 그냥 학교나 잘 다녀.”

“학교? 쳇, 공부는 해서 뭐 해? 내가 대학에 갈 수 있기를 해, 좋은 데 취직할 수 있기를 해? 고등학교 졸업해도 공장이잖아. 누나처럼.”

“얘가 왜 이리 투정이야? 일단 공부나 하셔.”

“공부 같은 소리! 수학여행도 못 가는 새끼가 공부는 뭐고 학교는 또 뭐야!”

“수학여행을 왜 못 가?”

“주민번호 없어서 보험 못 든다고 가지 말래.”

아, 또!

“누가?”

“담임이.”

“그런 게 어딨어? 보험 안 들고 그냥 간다고 해.”

“됐어.”

“그런데, 그깟 수학여행 못 간다고 학교를 그만둬?”

“됐어.”

"학교 그만두면 안 돼. 무조건 안 돼!"

"됐어."

단호하고 시건방진 말투가 겁나기도 하고 괘씸하기도 했다. 어라, 이놈 봐라. 정말 학교 그만두면 어쩌지? 나는 숨을 가다듬고 애정을 담아 달랬다.

"철없는 소리 하지 말고 누나 말 좀 들어, 라주야."

내 애정이 부족했던 걸까? 라주는 벌떡 일어나면서 화살처럼 매섭게 쏘아붙였다. 할 말을 미리 준비해 두기라도 한 듯이.

"철들었으니까 하는 소리야. 누가 불법으로 낳아 달랬어? 왜 맘대로 낳아 놓고 이제 와서 걱정이야?"

기습 공격에 한 대 얻어맞은 듯했다. 뭐라고? 매일 그런 생각을 하고 지낸 거야? 머릿속에서는 그런 어벙한 말이 떠다녔지만 정작 입에서 나온 말은 이랬다.

"내가 낳았냐? 왜 나한테 이래?"

머리보다 입이 순발력이 더 좋았다.

왜 불법으로 낳았느냐고? 그게 나한테 할 말은 아니잖아? 과녁을 잘못 찾아 나에게 박힌 그 말이 내 가슴을 쿡쿡 찔렀다. 나는 뭐 한국에 오고 싶어서 온 줄 알아? 이런 말이 튀어나오려고 속이 부글거렸다. 그러나 속마음은 감추고 누나답게 굴어야 한다. 더 센 말로 녀석을 눌러야 한다.

"이 자식이 똥 기저귀 갈아 주면서 키워 놨더니 어디서 헛소리야! 너 사춘기라고 안 봐줘. 나는 사춘기 같은 것도 없었어!"

녀석은 힐끗 나를 보는 동시에 하찮다는 듯 콧방귀를 훅, 날리며 밖으로 나가 버렸다.

내 하소연에 나라가 깔깔 웃었다.

"맞는 말인데, 왜? 라주 말이 다 맞잖아."

생각해 보니 나라도 학교 그만둘 때 비슷한 말로 제 엄마 속을 뒤집어 놓았다.

"그나저나 사춘기 얘기는 왜 한 거야? 네가 그맘때 사춘기도 없이 무작정 달려서 억울해?"

"억울하지! 나도 소리 지르고 싶어. 나를 여기 왜 데려왔어! 근데 지금은 그런 말 못 하잖아. 사춘기 때 해야 했는데, 어우!"

정말 그랬다. 나는 우리 집 공식 통역사로 어른들 일에 엮이면서 일찌감치 철이 들었고, 이크발 삼촌이 잡혀가는 모습을 보며 우리에게 닥쳐올지 모를 고난을 걱정했다. 사춘기 따위 겪을 겨를이 없었다. 그런데 그게 그렇게도 억울했나? 갑자기 그 말이 왜 튀어나왔을까?

"나도 엄마랑 싸우면 꼭 그 말을 하게 되더라고. 나를 왜 데려왔어? 불법으로 살게 할 거면서 왜 데려왔어? 엄마도 어쩔 수 없었다는 걸 잘 알면서도 그 말이 꼭 튀어나와. 엄마를 할퀴고 싶은가 봐. 악마가 꼬드기나?”

라주가 덩치가 커질수록 나는 근심이 깊어졌다. 천방지축 싸돌아다니다 단속에라도 걸리면 어쩐단 말인가. 괜한 걱정이 아니었다. 실제로 몇 년 전에 그런 일이 있었다.

2012년에 어느 몽골 아이가 친구들 싸움을 말리려다 경찰서에 가게 됐다. 친구들 싸움은 별것 아니었는데, 오히려 그 아이가 ‘불법’인 사실이 드러나 출입국 사무소로 보내졌다. 한국 정부는 초·중·고등학교에 다니는 학생들은 강제로 출국시키지 않겠다고 약속했고, 우리도 그런 줄 알고 안심하고 있었다.

그러나 아이를 잡아들인 법무부는 다르게 말했다. 보증금 2000만 원을 내면 풀어 줄 테니 출국 준비를 해서 나가라고. 아이와 부모는 보증금을 내고 잠시 풀려나는 대신에 그대로 출국하는 쪽을 선택했다. 혼자 몽골로 보내진 아이는 친척 집에 머무르면서 몽골 대학 입학시험을 준비했다.

아이는 몽골에 갈 때 수갑을 찼다고 한다. 수갑이라니! 우리 라주 손에 수갑이라도 채워지면 어쩌나! 이크발 삼촌이 잡혔을 때 수갑을 차고 갔다는 김 주임님의 말도 떠올랐다.

그 모습을 상상하는 것만으로도 두려움이 몰려왔다. 그 아이는 나중에 한국 대학에 입학해서 다시 들어왔다고 했다. 그것도 한국 정부가 선처해 준 덕분이란다. 그럼 우리 라주는? 온갖 고민을 했지만 뾰족한 수는 없었다. 속절없이 시간만 흘렀다.

2018년에 또 다른 사례가 나왔다. 한국 정부는 비자가 없는 아이들이 단속에 걸리더라도 고등학교를 졸업할 때까지 강제 추방을 하지 않겠다고 했지만, 고등학교를 졸업하면 사정이 무섭게 달라졌다.

막 고등학교를 졸업한 아이가 단속에 걸렸다. 부모는 나이지리아 사람이고, 아이는 한국에서 태어나 자랐다. 아이가 강제 추방을 당하면 말도 문화도 모르는 부모 나라로 가야 한다. 그 아이는 법무부가 '강제퇴거명령'을 내리자 '강제퇴거명령 취소 소송'을 냈다. 법원은 아이를 강제로 보내서 얻는 공공 이익에 견주어 그 아이가 받을 불이익이 너무 크고 가혹하다며, 강제퇴거명령을 취소하라고 판결했다. 법무부는 이 판결을 받아들였다. 다행히 아이는 계속 한국에 있을 수 있게 됐다.

그렇지만 이 결정이 다른 아이들에게까지 영향을 끼치지는 않는다. 다른 아이들이 똑같은 일을 당하더라도 그 아이처럼 법원에 가고 소송까지 할 수는 없다. 그 아이를 돕는

단체와 변호사들이 있었기에 가능했던 일이다.

나는 또 생각했다. 만약 우리 가족에게 이런 일이 닥치면 도와줄 사람이 누가 있을까. 유리 선생님도 오래전에 단체를 떠났다. 암담했다.

투명 인간

야간 일을 하고 아침에 퇴근해서 돌아오니 집 안 분위기가 이상했다. 엄마는 싱크대 앞에 앉아 있고, 아빠는 방에서 숨소리도 없이 앉아 있었다. 라주는 학교에 갔는지 보이지 않았다.

"엄마, 무슨 일 있어요?"

"할머니가 돌아가셨대."

기운이라고는 하나도 없는 대답이 들려왔다.

세상에, 할머니가? 할머니가 자주 아프고 힘들어하신다는 소식을 들어 온 지도 벌써 여러 해째였다. 저러다 돌아가시면 어쩌나 하는 생각이 가끔 들었지만, 막상 돌아가셨다는 소식을 들으니 마음이 무너졌다. 자그마한 할머니 모습이 떠올랐다. 항상 하얀 사리 차림이었던 우리 할머니.

할머니는 아기 때 나를 무척이나 예뻐했다고 들었다. 전화 걸 줄을 몰라서 누가 거들어 줘야만 간신히 통화할 수 있었는데, 얼마 전에는 사촌 동생 스마트폰으로 영상 통화를 걸어오기도 했다. 내 얼굴을 본 할머니는 눈물이 나는지 자꾸 사리 자락을 끌어다 눈가를 훔쳤다. 우리 손녀 보고 싶으니 어서 오라고 했다. 어느새 쪼그랑 할머니가 된 모습에 놀라 할머니 나이를 계산해 보니 예순아홉이었다. 한국 할머니들은 그 나이에도 화장하고 젊은 사람처럼 사는데, 우리 할머니는 왜 이렇게 늙었을까.

"그날 온 가족이 돌아가며 영상 통화 했잖아요. 지금 생각해 보니 할머니가 마지막 인사하려고 그러셨나 봐요."

아빠는 눈을 감은 채 말없이 고개만 끄덕였다. 어머니가 돌아가셨다는데도 달려가지 못하고 겨우 방구석이나 지키고 있는 아빠를 가만히 바라보았다. 아빠가 손을 안 다쳤더라면 어땠을까. 그래도 마찬가지였을까.

알롬 삼촌이 할머니 소식을 들었다며 나에게 전화했다.

"아빠가 전화를 안 받으시네. 무슨 일 있는 거 아니지?"

다정한 염려가 담긴 삼촌 목소리에 나는 울컥해서 속이 떨렸다.

"많이 힘들어하시지만 괜찮아지겠죠, 뭐."

세세한 사정을 다 말하다간 울음이 쏟아질 것 같아서 나는 무심한 딸인 양 대충 얼버무렸다.

"삼촌은 어떻게 지내세요? 장사는 잘돼요? 가게 멋지던데요!"

"멋지기는 뭘. 그럭저럭 먹고는 살아."

알롬 삼촌이 겸손하게 말했지만 나는 알고 있었다. 삼촌이 조그맣게 시작한 한국 화장품 수입 사업이 지금은 번듯하게 자리를 잡았다. 얼마 전에는 다카 번화가에 널찍한 전문 매장까지 냈다. 페이스북에 올라온 개업식 사진이 얼마나 멋지던지 공연히 나까지 우쭐할 정도였다. 방글라데시로 돌아가서 하는 일마다 꽝이라고 힘들어하던 삼촌을 생각하면, 먹고는 산다는 말에 담긴 짜릿한 속뜻을 충분히 짐작하고도 남았다.

한국에서 우리와 가까이 지내던 삼촌들, 아저씨들은 거의 다 방글라데시로 돌아갔다. 그중에는 돈을 꽤 모은 이도 있고, 전혀 그러지 못한 이도 있었다. 돈을 모은 이들은, 한국에서 번 돈이 많았다기보다는 그 돈을 잘 굴려 재산을 불린 경우였다. 돈 되는 만큼 그때그때 땅을 사 놓은 이들이 결과적으로 가장 성공한 셈이었다.

반대로 아무리 벌어 보내도 집에 있는 가족들이 먹고 공부하고 병원 다니는 데 돈을 다 써 버려 밑 빠진 독처럼 아무것도 남지 않았다는 이들이 많았다. 라흐만 아저씨가 대표적인 경우였다. 돈을 어지간히 모은 사람이 고국에 돌아가서 이것저것 해 보겠다고 시도하다가 모조리 날려 먹었다는 소문도 자주 돌았다. 그러다 다시 일하러 온 아저씨도 있었다. 젊을 때 거뜬히 했던 일이라고 늙은 몸으로 무턱대고 덤볐다가 드러누운 아저씨에게 내가 몸살 약을 사다 주기도 했다.

생각이 꼬리에 꼬리를 물었다.

우리 가족은 어떤가. 아니, 생각하고 자시고 할 게 있어야지. 우리 형편이 그중 최악이다. 돈이라고는 지금 깔고 앉은 방 보증금 320만 원밖에 없다. 그것도 처음 들어올 때는 500만 원이었는데, 월세를 몇 달 못 내서 보증금이 절반 가까이 깎이고 말았다. 게다가 엄마 아빠는 병들고 다치고, 라주와 나는 방글라데시 사람도 한국 사람도 아닌 투명 인간 같은 존재……!

결심

엄마가 누워 지내는 시간이 길어졌다. 불씨가 꺼져 가듯 엄마 얼굴에서 표정이 사그라졌다. 잠결에 훌쩍이는 소리가 들렸다. 잠이 끈끈이처럼 달라붙어 온전히 깨는 데 시간이 걸렸다. 엄마가 내게 등을 보인 채 모로 누워 있었다. 울음이 그치지 않는지 숨죽인 어깨 너머로 훌쩍이는 소리가 이어졌다.

어떡하지, 알은척해야 하나 말아야 하나 망설이던 나는 슬며시 일어나 엄마 등에 손을 올렸다. 엄마의 체온과 가느다란 흐느낌이 느껴졌다. 나로서는 엄마 마음을 헤아리기 힘들었지만, 어떻게든 위로하고 싶었다.

"엄마, 우리 돌아갈까?"

대답이 없었다. 엄마는 움직이지 않았다. 시간이 멈춘 것 같았다.

"엄마 미용실 그대로 있는지 보러 갈까?"

답답함을 견디지 못하고 아무 말이나 튀어나왔다. 그 자리에 전화 가게가 들어섰다는 말을 오래전에 들었다. 그것도 엄마한테서. 그런데 왜 그런 말을 했을까.

한참 만에 먹먹한 대답이 들렸다.

가자.

"엄마가 나라로 돌아가고 싶은가 봐요. 어떡해요, 아빠?"

나는 간신히 말을 꺼냈다. 아빠도 이미 엄마 상태를 알고 있을 터였다. 라주와 나에게 차마 말을 못 하고 속만 끓였겠지, 아빠가 혼자 속 끓이지 않게 내가 먼저 말을 꺼내야 해, 그런 생각이었지만 그 말을 입 밖으로 내기까지 며칠이나 끙끙거려야 했다.

"가긴 가야 하는데…… 너희를 어째야 할지……."

머뭇거리는 아빠의 대답이 들려왔다. 아, 그런데 아빠 목소리에서 아무 책임감도 느껴지지 않았다. 충분히 예상했고, 어쩌면 당연한 대답이 아닌가. 그런데도 실망스러움이 밀려와 나를 덮쳤다. 나는 맥이 풀렸다.

불현듯 환청이 들려왔다. 누가 불법으로 낳아 달랬어? 오래전에 라주가 내뱉은 그 말이 내 귓속에서 윙윙 울렸다. 나도 그렇게 대들고 싶었다. 어쩔 줄 모르면서 왜 데려왔어요? 왜 낳았어요? 왜 이렇게 무책임해요?

느닷없이 마음을 휘감는 울화에 나도 놀랐다. 아, 안 돼.

안 돼. 나는 튀어나오려는 말을 온 힘으로 눌렀다. 안 돼, 하지 마, 절대 하지 마! 숨을 참아 말을 틀어막고, 두어 번 마른침을 삼킨 뒤에 나는 가까스로 말했다.

"무슨 방법이 있겠지요."

아빠는 희미하게 고개를 끄덕였다.

아무리 고민해도 방법은 없어, 하지만 결정을 더 미뤄서는 안 돼, 나 자신을 타이르는 것이 고통스러웠다.

라주는 펄펄 뛰었다.

"누나는 방글라데시 말이라도 하지만 나는 어쩌라고! 말도 모르고 글자도 모르고 아는 사람도 없는데! 학교는 또 어떡하라고!"

학교 때려치운다던 녀석이 웬 학교 타령? 어른처럼 다 자란 녀석이 펄쩍거리니 집이 무너질까 걱정이었다. 진정시켜 보려고 했지만 녀석은 아무 말도 듣지 않았다. 눈앞의 절망 때문에 엄마 사정은 보이지 않는 듯했다.

"나는 두고 가! 혼자 살 거야! 내가 벌어서 학교 다닐 거야!"

한 마디 한 마디에서 분노가 느껴졌다. 누가 불법으로 낳아 달랬어? 방 어딘가에 스며들어 있던 환청이 또 살아나서 귀를 울렸다. 고등학생씩이나 된 녀석이 어찌 저리 제 생각만 할까. 녀석이 원망스러웠다. 그러나 동생이 느낄 공포를 나 또한 느끼고 있었기에 타박할 수가 없었다.

나도 무서웠다. 방글라데시는 내 나라이지만 너무 멀게 느껴졌다. 방글라데시는 가난하고, 낡고, 닫힌 사회라는 느낌이 강했다. 방글라데시로 돌아갔다가는 당장 죽기라도 할 것처럼 두려웠다. 내 나라에 나의 미래를 걸어도 될지 알 수 없어 불안했다. 거기에서도 무시당하고 무능할까 봐 겁났다. 방글라데시 사람이 방글라데시 말도 못 해? 나는 바보 취급 당할 테고, 아무 일도 못 할지 모른다. 여자라고 더 무시하겠지. 라주는 학교에 다니지 못할 수도 있다.

머릿속에서 온갖 상상이 방정맞게 아우성쳤다. 생각할수록 두려움이 커졌다. 안 가면 안 될까, 어떻게 하면 안 갈 수 있을까, 그 방향으로만 마음이 쏠렸다.

엄마 아빠만 돌아가면 어떨까? 아프고 다친 부모님만 보내도 될까? 우리 둘만 놔두고 떠나려 하지 않을 것이다. 라주만 두고 갈까? 아직 어린앤데 어떻게 혼자 두고 간단 말인가. 제 식구 챙기기에도 힘겨운 나라한테 라주를 맡길 수도 없다.

여기 계속 머무른다 한들 하늘에서 비자가 떨어질 리도 없다. 초등학생 때 비자를 받은 경험이 있어서 혹시나 하고 여태 기다려 왔지만 부질없었다. 2008년 2월에 만료된 비자를 끝으로 10년 넘도록 비자를 준다는 소식은 없었다. 계속 이렇게 산다면 나와 라주에게는 미래가 없다. 앞으로 한 걸음도 나아가지 못하고 멈춰 선 채 나이만 먹을 것이다.

우리는 한국에서 꼭꼭 숨어 지낸 탓에 다른 사회를 거의 모른다. 한국에 대해서도 제대로 알지 못했다. 한국에서 나고 자랐어도 우리가 접하는 사람, 사회, 정보는 몹시 제한적이었다. 우리 또래의 평범한 한국 아이들이 지닌 경험과 지식, 정보에 한참 못 미쳤다. 우리의 미래는 공장이나 청소나 이삿짐 트럭을 벗어나지 못할 것이다. 이건 죽지 못해 견디는 것이지 사는 것이라고 할 수 없다.

더구나 방 보증금을 빼서 다 가져가야 방글라데시에 집을 얻고 얼마간이라도 버틸 수 있다. 라주까지 데리고 다 같이 가야 한다. 이게 우리 가족의 현실이다. 피할 수 없다. 갈피를 잡지 못하고 수만 번을 오락가락하다 겨우 내린 결론에 허탈감이 밀려들었다.

엄마 아빠는 마지못한 듯, 그러면서도 미안한 듯, 돌아가자는 말에 동의했다.

"지금 당장이야 놀라서 저러지만, 진정되면 라주도 받아들일 거예요. 지금부터 천천히 준비하면 돼요."

근심 걱정으로 그늘이 드리운 엄마 아빠에게 말했지만 사실은 나 자신을 향한 말이었다. 라주는 나한테만 제 의견을 살벌하게 쏟아 낼 뿐, 더 이상 내색을 하지 않았다. 그래도 엄마 아빠는 그 눈치를 모르지 않았다.

오랫동안 무기력했던 엄마 아빠가 조금 나아지나 싶었지만, 돈 문제를 해결하는 데는 역시 별 도움이 되지 못했다.

나는 본격적으로 머리를 굴렸다. 우리 가족이 다 가려면 비행기표 값으로 얼마가 들까? 방글라데시에서 집을 얻고 무엇이든 돈벌이를 시작할 때까지 네 식구가 버티려면 보증금 뺀 돈만으로는 어림도 없겠지? 라주 학교는 어떻게 하지? 친척들은 우리를 반갑게 맞아 줄까? 혹시 우리 가족에게 방이라도 내줄 친척이 있을까? 할머니가 계셨더라면 이럴 때 힘이 되어 주셨을 텐데…….

나는 한국에서 일을 마치고 작년에 귀환한 사촌 오빠에게 연락해 이것저것 의논하고 부탁했다.

행복의 나라로

나는 아예 야간 전담으로 일했다. 주야간 교대 없이 계속 야간 근무만 했다. 돈을 마련하려면 그 방법밖에 없었다. 엄마 아빠는 꾸준히 부업을 했다. 그러나 월세 내고, 네 식구 먹고, 엄마 아빠가 심하게 아프면 병원 다니고……. 기본적으로 들어가는 게 있으니 아무리 아끼고 아껴도 돈은 잘 모이지 않았다.

독한 년이 어찌 그렇게 가성비가 떨어지느냐고 나라는 나를 놀렸다. 쳇, 나한테 딸린 식구가 셋인데 어쩌라고!

라주는 그럭저럭 상황을 받아들이는 것 같았다. 내가 저녁에 출근하고 나면 라주가 집에 들어오고, 내가 아침에 퇴근해서 집에 들어오면 라주는 벌써 학교에 가고 없었다. 그러니 얼굴 보기가 힘들었다. 엄마 말에 따르면, 통 말을 안 하던 녀석이 요즘은 말도 좀 하고 가끔 웃기도 하는 모양이었다. 학교에 자퇴 의사를 밝혔다 하고, 사촌 오빠가 학교에 관해서 알아본 내용을 전해 주니 고개를 끄덕였다고 한다. 친구 부모님이 하는 치킨집에서 알바를 하느라 늦는 날이 많다고 했다.

오호라, 저도 좀 보태려나 보네? 짜식, 다 컸구먼. 나는 그제야 마음이 놓였다. 고맙다, 내 동생.

버릴 건 버리고 남에게 줄 건 줘서 큰 짐은 정리를 끝냈다. 진주네가 주고 간 냉장고가 고장 나서 몇 년 전에 새로 산 냉장고는 기도소로 보냈다. 나라가 내 생일 선물로 사 준 예쁜 공주 거울은 나라한테로 돌아갔다.

"언니 갔다 올 때까지 네가 맡아 놔."

평소라면 질색했을 '언니' 소리도 나라는 귀엽게 눈을 흘기며 너그럽게 받아 줬다. 외국인들이 길거리에 쓰레기를 마구 버린다는 말을 듣지 않으려고 큰 가구는 대형 쓰레기 스티커를 사다 붙여 밖에 내놓았다.

"뭉크 형이 이삿짐센터에서 일을 제대로 배웠나 봐. 저 큰 짐을 혼자서 막 번쩍번쩍 옮겨!"

라주와 뭉크는 서로 장난쳐 가며 큰일을 해치웠다.

오래 보고 지낸 동네 사람들은 우리가 어디로 이사 가는지 궁금해했다. 그 덕분에 자연스럽게 작별 인사를 나눌 수 있었다.

아직 짐을 덜 쌌는데 가구 먼저 내놓고 나니 집 안은 더 북새통이었다. 가져갈지 버릴지 마지막까지 고민한 것은 엄마가 모아 놓은 패션 잡지였다. 엄마는 방글라데시에서 시도해 볼 만한 헤어스타일이나 패션 디자인 자료를 꾸준히 모았는데 그 양이 꽤 많았다. 돌아가서 조그만 미용실을 다시 열고 싶다는 엄마의 재기 프로젝트 밑천이었다.

엄마는 높낮이가 조절되는 미용실 의자를 사 가고 싶어 했지만 무게가 상당해서 지레 포기했다. 그런 엄마에게 잡지까지 버리라는 말은 차마 할 수 없었다. 엄마는 내가 모르는 척하는 사이 이리저리 무게를 재 보더니 잡지에서 필요한 부분만 오려냈다. 나는 자료를 넣을 종이봉투를 살그머니 갖다주는 것으로 엄마의 결정을 응원했다. 미용실을 무슨 돈으로?, 하는 질문은 혀끝에서만 깔짝거렸다.

“나도 가방 하나 줘. 내 건 내가 쌀게.”

라주가 무심한 얼굴로 말했다. 옜다, 녀석 기분 좋으라고 나는 새로 산 트렁크를 선뜻 양보했다.

싼 표를 골라 샀더니 일정이 별로 안 좋았다. 새벽에 공항으로 출발해야 해서 인사는 미리 나눴다. 친하게 지내던 이들이 대부분 떠난 뒤라 인사 나눌 사람은 그리 많지 않았다.

후세인 아저씨가 눈물을 질금거리며 점심으로 설렁탕을 샀다. 알롬 삼촌이 떠나기 전날 같이 식사했던 그 설렁탕집이었다. 그 자리에서 알롬 삼촌이 한 말이 떠올랐다. “맞네, 라주는 사는 거고, 우리는 일만 한 거고.” 어른들은 그렇다 치고, 라주와 내가 과연 여기서 살았다고 할 수 있을까? 산다는 것이 정말 이렇게 비루하고 헛된 제자리걸음이란 말인가?

수니 아줌마는 우리 주려고 일부러 닭고기를 넣어 만두를 만들었다며 가져왔다. 수연이를 안고 내내 참견하며 만두를 축내던 나라는, 중학교 1학년 때 둘이서 썼던 교환 일기를 발견하고 그만 눈물보가 터져 버렸다.

“진짜 가는 거야? 우리 또 볼 수 있는 거지? 응? 응?”

그럼, 그럼. 울지 마, 내 소울메이트. 네가 아기 낳는 거 보고 가서 다행이야.

잠을 어떻게 잤는지 모르겠다. 꿈속에서 나는 안개 자욱한 길을 하염없이 걸었다. 저 멀리 아득한 곳에서 희미하게 보이는 것이 불빛인가 싶어 걷고 또 걸었다. 걷다 지쳐 잠에서 깨어 시계를 보고 다시 잠들면 도로 그 안개 속이었다.

얼마나 오래 걸었을까, 요란한 알람 소리에 벌떡 일어났다. 예약해 둔 차가 곧 올 것이다. 마지막으로 깔고 덮은 낡은 이불을 쓰레기봉투에 넣었다.

"라주야, 네 이불도 갖고 나와."

대답이 없다. 새벽이 다 되도록 부스럭거리더니 늦게 잠든 모양이다.

"라주야, 일어나라니까! 꾸물대다 늦는다고!"

벌컥 방문을 연 나는 가슴이 툭! 내려앉았다.

라주가 사라졌다.

거울에 비친 모습을 보며
나는 주문을 외웠다.
"너도 행복해질 수 있어, 로지나."

에필로그

미용실 자리를 보러 다니면서 엄마는 점점 힘이 솟는 것 같았다. 돈에 맞춰 자리를 찾자니 올드다카 깊숙한 골목을 더듬어야 했다. 더 넓고 세가 싼 2층 자리와 약간 좁고 세는 훨씬 비싼 1층 자리를 두고 고민하더니 과감히 1층을 선택했다. 엄마는 깊이 숨겨 두었던 돈을 꺼냈다. 부업으로 번 돈을 아끼고 아껴 모은 것이었다. 부족한 돈은 친척들을 통해 융통했다. 친척들은 돈을 빌려주면서도 뒤에서 수군거렸다.

"한국에서 20년이나 살다 온 사람들이 돈이 없다는 게 말이 돼?"

"어떻게 우리한테 돈을 빌려 달래?"

"집 얻을 돈도 없어서 조카 집에서 더부살이하다니, 한국에서 대체 어떻게 살다 온 거야?"

"로지나 걔는 벵골어 하는 거 맞아? 무슨 말인지 도무지 알아들을 수가 없어."

대꾸할 수도 설명할 수도 없으니 흘러가게 둬야 했다. 내 귀에 그만큼 들리면 엄마 아빠는 짐작조차 못할 만큼 험한 말을 듣고 있겠지. 우리 가족은 따로 들은 말을 서로 전하지 않았다. 약속이라도 한 듯 각자 알아서 감내했다.

엄마가 어찌나 몰아치는지, 미용실 자리를 계약하자마자 그 즉시 내부 페인트칠까지 새로 했다. 이렇게 숨 쉴 틈도 없이 재촉하는 사람은 처음이라고 페인트 가게 주인이 투덜거렸다.

"코리안 스타일이지. 코리아 사람들 빨리빨리 안 하면 큰 일 나거든."

감각이 무딘 손에 붓을 들고 덜 칠해진 빈틈을 채워 넣던 아빠가 능청스럽게 말했다.

그 짧은 시간 동안 어떻게 소문이 났는지, 페인트칠을 하는데 사람들이 가게 안을 기웃거리며 관심을 표했다.

"여기에 코리아 뷰티 살롱 들어온다고요?"

"맞아요. 곧 문 열어요. 놀러 오세요!"

마치 기다렸다는 듯이 엄마는 상냥한 영업 모드로 응대했다. 낯설었다.

칠이 웬만큼 다 되자 엄마는 아빠에게 마무리를 봐 달라고 부탁하고, 나에게 집기를 보러 가자고 재촉했다.

“로지나, 가자. 거울은 좋은 것으로 해야 되니까 큰 가게로 가야지. 문 닫기 전에 얼른 가자.”

말을 다 마치기도 전에 엄마 몸은 벌써 밖으로 저만큼이나 나가 있었다. 목소리가 크고 쾌활했다. 어이없었다.

“헐, 우리 엄마 맞아요?”

“몰랐지? 본래 저런 사람이야. 한국에서 망가져서 그렇지.”

아빠가 장난스럽게 받았다.

거울 가게에 들렀다가 미용실 의자를 보러 갔다. 주인이 선보이는 의자마다 성에 차지 않는지 엄마는 하나 마나 한 소리를 중얼거렸다.

“한국에서 사 올걸.”

“이것도 나쁘지 않은데, 뭘요.”

왠지 의자 가게 주인에게 미안한 마음이 들었다. 엄마 눈치를 살피면서 혹시 더 나은 게 없을까 휘휘 둘러보는데, 띠롱띠롱 메시지가 연속으로 들어왔다. 나라였다.

거긴 아직 낮이지?

미용실 계약했어?

라주 만났어.

치킨집에서.

잘 지낸대.

오늘부터 학교도 갔대.

라주가 사라진 것을 알아차린 순간, 나는 꿈에서 헤맸던 아득한 안개 속으로 다시 빨려 들어갔다. 깜깜했다. 숨이 막혔다. 두려움과 걱정으로 일그러진 엄마 아빠 말소리가 멀리서 웅웅거렸다.

라주가 다 망쳤어!

또 주저앉는 거야!

결국 돌아가지 못하는 거야!

나는 절망했다. 머리를 벽에 쿵쿵 찧었다.

그냥 죽어, 이대로 죽어 버려!

"얘가 왜 이래. 정신 차려, 지나야!"

어디서 나라 목소리가 날아왔다. 나라가 손을 뻗어 내 머리를 감싸더니 제 품에 끌어안았다. 나라와 뭉크는 잠든 수연이까지 안고 배웅한다고 왔다가 그 꼴을 보고야 말았다. 나는 나라에게 안겨 컥, 컥, 숨을 토하며 울었다.

"그래, 울어라. 실컷 울어. 라주 이놈이 진짜……. 걱정 마. 여긴 내가 있잖아. 괜찮아. 다 괜찮아."

쓰다듬듯 달래는 나라 목소리가 가슴에서 울려 내 귀로

들어왔다.

아빠가 라주에게 전화를 걸었다. 라주는 받지 않았다. 처음엔 받지 않았고, 그 뒤로는 아예 휴대폰을 꺼 버렸다. 배신감이 밀려왔다.

"네 핸폰은 어딨어? 좀 보자."

나라는 내 휴대폰을 찾아 들고 버튼을 눌렀다.

"뭐가 많이 왔는데. 얼른 확인해 봐. 라주일지도 몰라."

미안해 누나.

내 걱정 말고 비행기 타.

호준이네 치킨 가게에 방이 있어.

거기서 자도 된대.

알바도 하고 있어.

학교 다닐 거니까 걱정 마.

거기 가면 내가 죽을 것 같아.

여기서 힘든 게 더 나아.

버텨 볼 거야.

누나는 꼭 가. 꼭. 꼭.

엄마 아빠……

모진 마음으로 한 줄씩 쓰고 망설이며 보내기를 눌렀을

문자가 주르륵 이어졌다. 엄마 아빠에 대한 당부를 쓰려는 순간 아빠한테서 전화가 오니 놀라서 마저 못 쓴 거겠지. 비로소 라주 걱정이 밀려왔다. 어디 추운 데 쪼그리고 앉아 시간 맞춰 문자를 보내고 있을 라주를 생각하니 또 울컥거렸다. 불안한 마음으로 어둠 속을 서성일 아이를 떠올리니 목이 메었다.

가여운 라주……. 불쌍한 내 동생……. 어떻게 너를 두고 가란 말이니…….

마냥 울고 있을 여유가 없었다. 예약한 차가 도착했다. 주차해 둔 차가 많아서 골목이 꽉 찼으니 짐을 가지고 골목 끝으로 나와 달라고 했다.

어떡해, 뭉크가 물었다. 나는 대답하지 못했다. 물끄러미, 한참이나 나를 바라보던 뭉크가 다독이는 눈빛으로 고개를 끄덕였다. 괜찮을 거야, 가, 하고 말하는 듯했다. 머뭇거림 끝에 나도 고개를 끄덕였다. 뭉크가 짐을 들고 하나씩 내갔다. 라주가 보내온 문자를, 우는 엄마에게 몇 번이고 다시 읽어 주던 아빠도 눈물을 훔치며 떠날 채비를 서둘렀다.

나라가 학교며 치킨집을 찾아가 봤지만 라주는 코빼기도 안 보이더라고 했다. 담임 선생님은 아무 연락도 없이 결석이 길다고 걱정이 대단했다. 자퇴 같은 얘기는 들은 적도 없다며 선생님은 화들짝 놀랐다. 치킨집 호준이는 뭔가 아는 것 같은데 말을 안 한다고, 라주가 연락한다고 했으니 조금만 더 기다려 보라고 했다나.

알고 보니 동생은 지독한 놈이었다. 나라와 내가 날마다 수십 개씩 보낸 문자와 사진도 전혀 확인하지 않았다. 우리가 떠난 뒤로 라주는 2주 동안이나 나타나지 않았다.

나라 누나, 치킨 먹고 싶지?

느닷없는 문자를 받고 한달음에 달려간 나라는, 태연하게 치킨을 튀기고 있는 라주를 만났다. 있는 힘을 다해 혼내 주려고 했지만 꺼칠해진 얼굴이 애처로워 꿀밤 한 대도 못 때려 줬다고, 그 2주 동안 라주는 알바로 들어간 공장에서 밤낮으로 일했다더라고 했다.

이삿짐 나르고 퇴근한 뭉크까지 네 사람이 얼굴을 들이대고 찍은 사진이, 띠롱띠롱 몇 장이나 올라왔다. 라주도, 나라도, 뭉크도, 수연이도 웃고 있었다. 모두 웃고 있었다.

라주? 어디 어디, 순식간에 두 눈 가득 눈물이 차오른 눈으로 엄마는 사진을 바라보았다. 휴대폰을 그러쥔 두 손이 바들바들 떨렸다. 맥 풀린 다리가 휘청거렸다. 방금 퇴짜 놓앉던 의자에 허물어지듯 앉은 엄마 몸이 앞으로 수그러들었다. 어깨가 후들거렸다. 온몸에서 오열이 터져 나왔다.

가난에서 벗어나겠다는 의지와 더 나은 삶에 대한 동경은 많은 이들을 국제 이주의 담장 위에 올라서게 합니다. 담장이 너무 높고 좁고 긴 탓에 올라서기도 어렵거니와 건너편에 무사히 안착하기는 더욱 어렵습니다. 자칫 발을 잘못 디디면 보호받지 못하는 '미등록'의 틈새로 깊이 떨어질 수도 있습니다. 차별과 혐오 속에 갇히는 일도 흔합니다. 그 불안하고 좁은 담장 위에는 아이들도 있습니다. 부모 손에 이끌려 그게 담장인 줄도 모르고 올라서기도 하고, 담장 위에서 태어나기도 합니다. 이 책은 아이들과 함께 담장에 올랐다 틈새로 떨어져 오래 미등록 상태로 살아온 가족의 이야기입니다. 거친 하루하루, 그 살고 버티는 이야기를 곁에서 보고 듣고, 혹은 같이 겪을 수 있도록 허락해 준 이웃에게 감사하며 '이주의 시대'를 생각합니다.

이웃들이 깃든 행복동은 조세희의 소설 『난장이가 쏘아 올린 작은 공』에 나오는 그 행복동입니다. 소설 속의 난장이가 '이주민'이라는 이름으로 지금을 살아가고 있으니, 그 사는 곳이 행복동인 것이 당연합니다. 난장이 시대에도 그랬듯, 이 마을의 실제 모습은 그 이름을 닮지 않았습니다. 사연도 많고 눈물도 많습니다. 작은 행복도 절대 거저 주어지는 법이 없습니다. 이웃들은 고난을 딛고 일어서고자 애쓰고 있으며, 끊임없는 노동과 협력으로 작은 행복을 하나씩 일구어 가고 있습니다.

2018년 말 200만 명을 넘어, 전체 한국 인구의 약 4%를 차지하고 있는 이주민은 우리 사회에 많은 질문과 요청을 제기하고 있습니다. 작은 소리라고 계속 무시하지 말고 이제 귀 기울이기 바랍니다. 제법 의기양양하게 인권과 평등, 공존에 대해 이야기하는 우리 사회지만, 다른 한편 이주민을 향해 드러내는 민낯에는 얼마나 날카로운 차별과 혐오를 담고 있는지 그 진실을 깨달아야 하니까요.

이야기는 로지나의 아빠 사이풀이 외국인산업기술연수생 제도를 통해 한국에 오면서 시작됩니다. 서울아시안게임과 올림픽이 열린 1980년대 후반부터 시작된 노동력 부족 현상은 자연스럽게 이웃 나라 노동자들을 불러들였습니다. 한국 정부는 1990년대 중반부터 본격적으로 외국인력도입제도를 시행합니다. 외국인력도입제도는 크게 두 가지입니다.

1994년부터 13년간 운영되며 '현대판 노예제도'라고 비판받은 '외국인산업기술연수제도'와 그 제도의 폐해를 막고자 2003년에 법을 만들어 지금까지 17년째 운영되고 있는 '외국인근로자고용허가제'입니다. 이 '고용허가제' 또한 국가와 한국인의 이익을 위해 이주노동자의 권리를 침해하는 내용이 상당하여 폐지해야 한다는 목소리가 높습니다. 좀 딱딱한 이야기로 들리겠지만, 이주노동자와 관련한 제도를 명확히 아는 것은 아주 중요합니다. 이 제도가 얼마나 불평등한지, 이주노동자의 인권을 침해하는 것인지 우리 시민이 제대로 알아야 차별을 고치고 더 나은 사회를 만들기 위해 힘을 모을 수 있기 때문입니다.

로지나 가족은 여러 삶의 부침 속에서 결국 '미등록이주민'이 되었습니다. 미등록이주민이란 '자신의 국적이 있는 나라가 아닌 다른 나라에서 체류자격(비자) 없이 살아가는 사람'들을 말합니다. 더구나 한국에서 태어난 라주는 청소년기에 이르기까지 출생등록도 하지 못하여, 서류상으로는 존재하지 않는 사람으로 살았습니다. 이주민을 보호하기 위해서는 이주민을 보내는 나라와 받는 나라가 함께 협력하여 이동과 체류, 노동, 출생 등 모든 면에서 삶을 도와야 합니다만, 양쪽 나라 모두 이익만 챙기고 정작 이주민은 팽개치는 경우가 많습니다. 보내는 나라는 이주민이 버는 돈을 송금받는 것에만 관심을 두고, 받는 나라는 이주민의 노동력을 이용하는 데에만 관심을 두곤 합니다. 앞으로는 달라져야 합니다.

무엇이 어떻게 달라져야 하는지, 로지나 가족의 경우를 예로 알아볼까요?

한국 정부는 이 가족이 여기 사는 동안 우리 공동체의 구성원이라는 점을 인정하고 노동, 안전, 교육, 복지 등의 권리를 똑같이 적용하며 모든 차별을 없애기 위해 노력해야 합니다. 주류 구성원들이 이주민을 긍정적으로 여기도록 환경을 만들어 사회통합을 이룰 수 있게 해야 합니다. 이주민이 미등록 상황에 처하지 않도록 제도를 잘 만들고, 특히 아기가 태어났다면 그 출생과 이름을 제대로 등록하여 신분을 증명할 수 있도록 해야 합니다. 송금할 때 더 빠르고 안전하고 비용이 덜 드는 방법을 선택할 수 있도록 서비스를 제공해야 합니다.

방글라데시 정부는 이 가족이 이주를 선택할 때 정확하고 좋은 정보를 제공하기 위해 노력해야 하고, 한국 정부와 협력하여 한국에 사는 동안 인권을 제대로 보장받는지 살펴야 합니다. 이주를 마치고 귀환하고자 할 때 순조롭게 본국으로 돌아가 재정착할 수 있도록 정보와 서비스를 제공해야 합니다.

이주민이 나라와 나라 사이를 이동할 때 거쳐 가는 모든 나라는 그 과정에서 안전하도록 지원하고 필요한 정보를 제공해야 합니다.

미주알고주알 요청이 너무 많다고요? 이런 것은 상상 속에서나 가능하다고요? 그렇지 않습니다. 세계 여러 나라 정부는 이주민을 보호하는 일이 얼마나 중요한지 이미 알고 있으며 오랫동안 논의를 해 왔습니다. 그 결과 지난 2018년 12월, 164개 나라가 공동으로 아주 중요한 약속을 하나 했습니다. 안전하고 질서 있고 정규적인 이주를 위한 약속(GCM, Global Compact for safe, orderly and regular Migration)이 바로 그것입니다.

우리나라도 참여한 이 약속에는 위에 소개한 것을 포함해서 이주민을 보호하기 위한 내용이 자세하게 담겨 있습니다. 이 약속을 제대로 지키기 위해서는 국제 사회와 세계 모든 시민의 협력이 필요합니다. 우리도 세계를 이루는 시민으로서 같이 노력해야 합니다. 이주민 또한 우리 사회의 구성원이며, 이주민의 노고가 더해져 우리 공동체가 이만큼이나마 평안한 것임을, 이주민의 생명과 존엄, 자유와 평등,

안녕과 행복 또한 우리 공동체의 책임임을 알고 힘껏 협력할 수 있기를 바랍니다.

우리 곁에 있는 수많은 사이풀과 메디나, 로지나와 라주, 나라와 뭉크와 수연이를 생각합니다. 특히 어두움 속에서 성장기를 보내고 있는 미등록청소년들의 안녕을 생각하며 길고도 짧은 요청을 마칩니다.

이번 참에 인사드릴 분이 많습니다. 같은 하늘 아래서 호흡하며 삶을 나누고 있는 이주민 시민들, 아시아인권문화연대 식구들과 곳곳에서 인권과 공존을 위해 활동하는 동료들에게 멋쩍은 감사를 전합니다. 머뭇거리는 원고를 기다려주고 정성껏 편집해 준 김영숙 총괄본부장을 비롯한 우리학교 출판사 구성원들에게 감사합니다. 부족한 글에 아름다운 그림으로 품위를 얹어 준 서희 작가에게도 감사 인사를 드립니다. 그리고 이 책을 기다리느라 눈이 짓무른다 하시는 늙으신 아버지께 사랑과 존경을 전합니다. 모든 분들에게, 고맙습니다!

2020년 늦은 가을날,

이란주